박정수 판타지 장편 소설
FUSION FANTASY STORY & ADVENTURE

흑마법사 무림에 가다

흑마법사 무림에 가다 7
귀림

초판 1쇄 인쇄 / 2008년 12월 18일
초판 2쇄 발행 / 2009년 4월 2일

지은이 / 박정수

발행인 / 오영배
편집장 / 김경인
펴낸 곳 / (주)삼양출판사 · 드림북스

주소 / 서울특별시 강북구 미아8동 322-10호
대표 전화 / 02-980-2112~4 팩스 / 02-983-0660
편집부 전화 / 02-980-2116 팩스 / 02-983-8201
홈페이지 / www.sydreambooks.com

등록번호 / 제9-00046호
등록일자 / 1999년 3월 11일

ⓒ 박정수, 2009

값 8,000원

(주)삼양출판사 · 드림북스의 서면 허락 없이는 어떠한
형태나 수단으로도 이 책의 내용을 이용하지 못합니다.

ISBN 978-89-542-2985-2 04810
ISBN 978-89-542-2686-8 (세트)

* 지은이와 협의하에 인지는 생략합니다.
* 잘못된 책은 구입한 곳에서 바꾸어 드립니다.

흑마법사 무림에 가다

7

귀림

박정수 판타지 장편 소설

FUSION FANTASY STORY & ADVENTURE

목차

제1장 각성 · · · · 007

제2장 분노 · · · · 055

제3장 평행선 · · · · 077

제4장 이합집산 · · · · 099

제5장 구금상단 금대치 · · · · 121

제6장 소화산으로 · · · · 165

제7장 조우 · · · · 193

제8장 다크 스켈레톤 · · · · 219

제9장 귀림 · · · · 245

제10장 강시 VS 언데드 · · · · 277

각성

―키키키키!
―캬캬캬캬!

대연무장을 자욱하게 뒤덮은 흑무 속에서 섬뜩할 정도로 음산한 귀성이 흘러나왔다.

그 귀성을 온몸으로 울어내는 존재는 검게 물든 스켈레톤들이었다. 마현의 몸에서 터진 것처럼 퍼져나간 마기에 동화된 스켈레톤들은 단지 색만 짙은 묵색으로 변한 것이 아니라 몸집도 조금 더 커졌다.

그러한 귀기 중심에 마현이 서 있었다.

그리고 마현 중심으로 네 흑사신이 현신해 있었다.

마현의 눈에서 뿜어져 나오는 또 다른 검게 빛나는 마기는 네 갈래로 갈라져 흑사신의 눈으로 스며들었다.

—크오오오!
—캬오오오!

 강시화 되어 실질적인 몸을 가진 후 성대를 이용해 목소리를 내던 흑사신이었지만 이 순간 그들의 목소리는 스켈레톤들처럼 순수한 귀음을 온몸으로 내뱉고 있었다.

 "다크나이트의 존재 가치는 개개인의 무공이 아닌 어둠의 종족을 다스리는 군단장일 때 진정한 힘을 발휘하는 법이다!"

 마현의 눈에서 뿜어져 나오는 검게 빛나는 마기의 양이 좀 더 짙어졌다.

 "여전히 본인은 너희들에게 과거의 힘을 온전히 주지 못한다."

 마현은 7서클에 올라서면 그들의 힘을 온전히 찾아줄지 알았다. 헌데 그건 완벽한 오판이었다.

 이제 겨우 과거의 힘에 8할의 힘을 갖추었다.

 마현이 모든 마력을 그들에게로 돌린다면 9할 정도 될 것이다.

 "하지만 부족한 힘은 군단장의 권능으로 채워질 것이다!"

 콰광!

 마현의 눈에서 폭사되던 검게 빛나는 마기는 폭발하듯 한순간 터져 나왔고 그 마기는 흑사신의 눈으로 서서히 스며들었다.

 그 마기는 단순히 그들의 힘을 5할에서 8할로 높여주기 위한 것이 아니었다. 그 마기 속에는 군단장 다크나이트로서 알아야 할 어둠의 지식 또한 포함되어 있었다.

 엄청난 마기가 단숨에 눈으로 스며들자 네 흑사신은 흡사 전기에 감전이라도 된 것처럼 온몸을 바르르 떨었다. 그들의 몸 또한 흑무에 휩싸여 허공으로 한 척(33cm)가량 떠올랐다.

 흑사신의 몸을 뒤덮고 있는 마기들이 불안정하게 날뛰었다. 하지만 시간이 흐르면서 마구 날뛰던 마기들이 차츰차츰 서서히 안정되어 갔다.

 그리고 다시 시간이 흐름에 따라 마기는 흑사신의 눈으로 흡수되었다.

 "후우."

 길게 숨을 내쉬는 흑사신의 목소리는 낮았지만 대연무장 구석까지 흘러나갔다.

 마치 달빛을 태양 삼아 두 눈을 감고 양팔을 벌려 일광욕이라도 즐기는 것처럼 한참을 더 그렇게 허공에 떠 있었다. 그리고 천천히 바닥으로 내려왔다.

 번쩍!

 두 눈을 뜨자 엄청난 안광이 번쩍였다가 다시 그들의 눈동자로 갈무리되었다.

 "……흠."

흑권은 불끈 쥔 주먹을 내려다보며 흡족한 미소를 지었다.

"군단장이라……."

흑검은 말끝을 흐렸다.

"다시 한 번 무인의 길과는 멀어진 것인가?"

허무함이 담긴 쓸쓸한 어조였다. 흑검은 손을 활짝 펼치고 들어올려 달빛을 가렸다.

"후후."

옅은 웃음이 새어나왔다.

쓸쓸함이 담긴 웃음과 달리 눈동자는 차갑게 웃고 있었다.

"크크크크."

그런 연무장의 고즈넉한 분위기를 흑도가 거친 웃음으로 깨트렸다.

처음엔 낮게 웃음을 흘리던 흑도는 곧 가슴을 펴고, 머리를 한껏 치켜들며 포효하듯 터트렸다.

"크하하하하하!"

흑도다운 광오한 웃음소리가 대연무장을 뒤덮었다.

흑도의 입술이 차갑게 말려 올라갔다.

"기다려라, 이 잡놈들. 본좌가 다 죽여주마."

밤하늘을 노려보는 그의 눈동자에서 살기가 섞인 마기가 넘실거렸다.

마지막으로 흑창은 아무 말 없이 조용히 미소를 지었다.

"아직은 불안정한 몸들이다."

마현이 흑사신을 향해 말했다.
"어둠 속에서 증폭된 마기를 온전히 제 것으로 흡수하라. 그래야 그대들이 당한 치욕을 고스란히 돌려줄 수 있을 것이다."
네 흑사신은 동시에 입가를 실룩거렸다.
그들의 몸은 겉으로는 평온한 듯 보였지만 내부는 그렇지 않았다. 뜨거운 용암처럼 마기가 펄펄 끓으며 날뛰고 있었다. 조금이라도 빨리 완전무결하게 자신의 것으로 만들 필요를 그들 역시 느끼고 있었다.

흑도를 비롯해, 흑검과 흑창은 내부에서 불안정하게 날뛰고 있는 마기에서 한층 상승된 힘을 음미하고 있었지만 흑권은 조금 복잡한 눈빛으로 자신을 관조하며 마현을 쳐다보고 있었다.

복잡한 심사가 고스란히 담긴 눈빛이 굳어지며 흑권은 마현을 향해 한 걸음 발을 내딛었다. 그리고 막 입을 열고 무슨 말인가를 하려 했다.
"긴 이야기는 나중에 하지. 일단 안정이 우선이다. 쉬어라!"
하지만 마현의 말에 입을 닫을 수밖에 없었다.
"이봐, 주인. 주인!"
그때 흑도가 마현 곁으로 다가왔다.
"왜 그러지?"
"본좌 있잖아, 본좌."
흑도가 손가락으로 자신을 가리키며 말을 이어갔다.

"더 강해질 수 있는 거지?"

열망으로 가득 찬 흑도의 눈빛은 반짝거리고 있었다.

"더 강해지고 싶나?"

마현은 바싹 다가온 흑도의 눈을 그대로 직시하며 되물었다. 흑도는 마현의 눈동자에서 그 무엇을 읽었는지, 씨익 웃었다.

그리고는 굵고 거친 웃음을 낮게 터트렸다.

"크크크, 이래서 내가 주인을 좋아한다니까."

"훗."

마현은 피식 웃음을 토해냈다.

"일단 이놈부터 맛있게 먹어야겠군."

흑도는 손으로 배를 문지르며 군침이 흐른다는 듯 입술로 혀를 핥았다.

"긴 이야기는 며칠 있다가 하지."

마현의 말에 네 흑사신은 묵묵히 고개를 끄덕였다.

지금 내부에서 뒤끓어 오르는 마기를 온전히 흡수하려면 마현의 말대로 상당한 시간이 필요하다는 것을 깨달은 것이다. 또한 뒤죽박죽 주입된 지식들 역시 되새겨 완전히 자신의 것으로 만들어야 했다.

"크크크크크."

흑도는 특유의 웃음소리와 함께 제일 먼저 어둠으로 돌아갔다.

푹! 푹!

이어 흑검과 흑창 역시 어둠으로 돌아갔다.

흑권은 그 셋이 돌아가고 난 후에도 마현을 쳐다보고 있었다.

"할 말이 많은 것 같군."

"……그렇다네."

"하지만 지금은 쉬는 게 우선이라는 것을 알고 있겠지?"

푹!

마지막으로 고개를 끄덕이며 흑권 또한 어둠 속으로 돌아갔다.

"대주."

"하명하십시오."

마현의 부름을 받고 다가오는 왕귀진의 얼굴은 붉게 상기되어 있었다. 마현의 힘이 증폭되면서 그에 비례하여 힘을 얻은 것은 비단 흑사신만이 아니었다.

흑풍대 역시 힘이 한층 강해졌다.

정확히 말하자면 그들 본신의 힘도 물론 강해졌지만, 그것보다 그들이 다스리는 스켈레톤들의 능력이 비약적으로 높아졌다.

단전과 몸속에 박힌 마정석에서 느껴지는 마기는 찌릿할 정도로 왕귀진에게 묘한 쾌감을 주고 있었다.

강해진다는 느낌이 이런 것인가 새삼스럽게 다시 느끼고 있는 중이었다.

하지만 그들 내부 역시 흑사신처럼 불안전하기는 매한가지였다.

그러나 흑풍대와 흑사신은 달랐다.

정확히 흑풍대의 불안전성은 그들 대원의 내부보다 외부적인 요인이 더욱 컸다. 그 외부적 요인은 바로 한 단계 성장한 스켈레톤에게 있었다.

스스로의 의지로 움직일 수 없는 불완전한 스켈레톤들과 흑풍대는 서로 다른 객체이지만 한 몸이다.

마현은 왕귀진과 흑풍대를 바라보았다. 그리고 그들 뒤에 포진하고 있는 검은빛이 은은하게 뿜어져 나오는 스켈레톤들을 보았다. 그들은 서로 공명하며 은은한 마력을 뿜어내고 있었다.

"스켈레톤들을 어둠의 안식처로 돌려보내라."

"명!"

대연무장을 빼곡하게 뒤덮고 있던 스켈레톤들이 땅 속으로 푹푹 사라졌다. 삼백의 스켈레톤이 어둠으로 돌아가자 흑풍대원들의 얼굴은 한결 편안해진 기색이었다.

마현은 그제야 고개를 살짝 들어 기울어져가는 달을 올려다보며 눈을 감았다.

"여기가 어딘가?"

마현은 천천히 양팔을 옆으로 들어올렸다.

"북해입니다."

"북해?"

"북해빙궁 대연무장입니다, 주군."

다시 반문하는 마현에게 왕귀진은 좀 더 자세하게 대답했다.

"바람이 시원하군."

마현은 북해의 바람을 온몸으로 맞으며 흡족한 듯 입가를 살짝 비틀며 웃었다.

우우우웅!

순간 마현의 단전 주위에 만들어진 서클에서 마력이 맹렬히 회전했다.

1회전, 2회전, 3회전, 4회전……

그렇게 돌고 또 돌던 마력은 일곱 개의 마력 고리를 만들어 냈다.

눈꺼풀에 감겨 그 어떤 빛조차 새어나가지 않았지만, 지그시 감겨 있는 마현의 눈동자에서는 강렬한 안광이 만들어지고 있었다.

어떻게 자신이 7서클로 오른 것인지 마현은 잘 모른다.

다만 전에 없던 생소한 기운들이 마력으로 변해 자신의 몸을 휘젓고 다니며 새로운 서클 고리를 단전 주위에 하나 더 만들었다는 것을 느낄 뿐이었다.

어떻게 된 것인지 상관없다.

중요한 것은 과거의 힘을 다시 찾았다는 것이다!
'후후.'
마현의 얼굴에 흡족한 미소가 다시금 떠올랐다.
펼치고 있는 양손을 힘 있게 쥐었다.
바로 이 느낌이었다.
가슴을 뿌듯하게 하는 충만한 마력.
그 마력들로 채워진 일곱 개의 고리가 만들어내고 있는 웅장한 마기의 칠중주!
"흐음……."
마현은 눈을 감고 일곱 개의 서클이 만드는 힘의 노래에 취하고 또 취했다.
북해빙궁 중심부에 위치한 대연무장에서 시작된 마기의 파장은 단숨에 북해빙궁 전역으로 퍼져나갔다.

* * *

술을 마시던 설관악의 몸이 한순간 굳어진 것은 그때였다. 놀라움으로 딱딱해진 그의 눈매가 순간 흠칫거렸다.
설관악은 굳은 표정으로 술잔을 탁자 위에 내려놓았다.
거칠게 내려놓은 술잔에서 술 몇 방울이 탁자 위로 튕겨졌다.
'분명 마기다.'

자신의 피부에서 느껴지는 찐득찐득한 기운이 음습한 마기임을 알아차린 것이다.

'설마!'

설관악은 만년설삼을 복용한 마현을 떠올렸다.

만년설삼이 천하에 다시없을 절세의 영약이라고는 하지만 지금처럼 엄청난 파장을 줄만큼 한순간 내력을 높여주지는 못한다. 또한 만년설삼이 가진 기운이 워낙 괴이해서 그 자체로는 온전히 다 흡수할 수도 없다.

그렇기에 이러한 영약들은 빙옥단이나 대환단 같은 영단으로 새로이 제조하여 조금이라도 더 흡수력을 높이는 것이다.

설사 영약의 기운을 온전히 흡수했다고 쳐도 지금처럼 이리 큰 파장을 만들어내지도 못한다.

헌데 방금 전 대연무장 쪽에서 엄청난 마기가 느껴진 것이다.

설관악은 자리에서 일어났다. 무슨 일이 있었는지 알아봐야 하기 때문이다.

"유모."

내력으로 술기운을 모두 날려버리며 그가 한한파파를 불렀다.

"궁주님, 저는 아가씨에게 가보겠습니다."

한한파파 역시 마기를 느낀 듯 즉시 몸을 일으켰다.

지금 파장을 일으킨 마기의 주인이 마현임에 틀림없을 것이고, 당연히 설린도 느꼈을 터이니 가봐야 한다고 생각한 것이다.

"그리 해주시오."

설관악도 서둘러 대연무장으로 향했다.

가까이 다가갈수록 더욱 짙은 마기가 느껴졌다. 또렷하게 느껴지는 마기가 자신마저 감당하기 쉽지 않았다.

'폭주?'

보통 사람일지라도 영약을 먹은 후 아무것도 안 하면 온몸의 세맥 구석구석까지 퍼져 무병장수한다. 또 무인이 영약을 먹은 후 상승심법을 이용해 단전으로 흡수하면 엄청난 내력을 가지게 된다.

하지만 영약을 먹고 무조건 심법을 운영한다고 해서 흡수가 되는 것이 아니었다.

간혹 영약을 먹은 후 그 기운을 제대로 다스리지 못하게 되면 주화입마에 빠지게 된다.

정심한 정파 쪽 무인이라면 주화입마를 다스리지 못할 경우 대부분 그 자리에서 절명하겠지만, 마인이라면 이야기가 조금 틀려진다.

안전하고 탄탄한 길을 걷는 정공과 달리 마공은 위험하지만 그만큼 빠른 길을 걷는다. 그러다 보니 주화입마에 빠지게 되면 십중팔구 광인(狂人)이 된다.

단지 광인이 되면 그저 딱하게 되었다고 할 수 있겠지만 무인이 영약을 복용한 후 광인이 되면 이야기가 달라진다. 적아를 구분하지 못하고 미쳐 날뛰는, 말 그대로 혈인(血人)이 되는 것이다.

아무리 만년설삼을 먹었다고 해도 지금 느껴지는 마기는 지나치게 강했다. 분명 기운을 제대로 다스리지 못하고 폭주한 것이 틀림없었다.

'만약 광인이 되었다면……'

설관악은 입술을 살짝 깨물었다. 그의 눈빛에서 은은한 살기가 일렁거렸다.

'무고한 북해인들이 죽기 전에 먼저 죽여야 한다! 비록 그가 마교의 대공자라고 해도!'

설관악은 내력을 끌어올리며 더욱 빠르게 신형을 날렸다. 잠시 후 대연무장을 둘러싼 담벼락이 보였다. 급한 마음에 설관악은 허공으로 도약하여 담벼락을 발로 밟으며 대연무장 안으로 뛰어 들어갔다.

설관악이 대연무장에 발을 디디는 순간, 사방을 뒤덮고 있던 마기가 순식간에 사라졌다.

정확하게 표현하자면, 사라졌다기보다 멀리 퍼져나갔던 마기가 다시 대연무장 안으로 거둬졌다는 것이 옳을 것이다. 대연무장 중앙에 오연하게 서 있는 한 인물, 마현에게 흡수가 된 것이었다.

설관악으로선 상상조차 할 수 없었던 엄청난 마기였다.

그 마기를 마현이 온전히 거둬들인 것이다.

설관악은 대연무장 중앙에서 양팔을 편하게 벌린 채 밤하늘을 향해 고개를 들고 있는 마현을 보며 눈을 가늘게 떴다.

"흐음."

가벼운 음성을 토해내며 고개를 돌리는 마현의 얼굴에는 흡족함이 담겨 있었다. 마치 마기를 음미하는 것처럼 보였다.

'폭주가 아니었던가?'

설관악은 나직한 침음성을 흘렸다.

그가 얼굴을 굳힐 때 대연무장으로 북해빙궁 무인들이 우르르 몰려 들어왔다. 그들 역시 마현이 내뿜은 마기를 느낀 모양이었다.

"스승님."

설관악 곁으로 냉천휘와 부궁주인 냉하상이 다가왔다.

"왔느냐?"

냉천휘는 설관악을 향해 예를 갖추었다.

설관악은 냉천휘와 냉하상의 인사를 받으며 그 뒤로 시선을 돌렸다.

냉천휘의 얼굴에도 보이는 안도감이 설영대주를 비롯한 설영대원들의 얼굴에도 나타나 있었다. 그들 역시 설관악과 마찬가지로 마기의 폭주를 염려한 모양이었다.

하지만 설관악의 표정을 더욱 굳게 만든 것은 안도감을 내비치는 그들의 표정 때문이 아니었다. 바로 그들 눈 속에 떠오른 경외감 때문이었다.

설관악은 잔뜩 굳어진 얼굴로 여전히 대연무장 중앙에서 느긋하게 서 있는 마현을 보았다.

그의 미간에 주름이 깊게 파였다.

'도대체 무엇이 이들의 마음을 훔쳤는가?'

설린도, 냉천휘도, 그리고 설영대도…….

모두가 마현에게 마음을 빼앗겼다.

설관악의 머릿속에는 '왜?'라는 물음표가 사라지지 않았다.

기분 좋게 자신의 몸을 관조하던 마현의 눈썹이 꿈틀거렸다.

대연무장으로 사람들이 꾸역꾸역 몰려드는 것을 느낀 것이다. 이 기분을 잃지 않고 싶었던 마현은 짜증이 밀려왔다.

마현은 양팔을 내리고 몸을 곧추세우며 눈을 떴다.

'음?'

마현의 눈에 한 장년인이 크게 다가왔다.

그의 몸에서 은은하게 풍겨오는 한기를 느낀 것이다.

"북해빙궁주입니다, 주군."

재빨리 철용이 다가와 마현의 시선 끝에 머물고 있는 이가 설관악임을 알려주었다.

"그래?"

"주군을 살리기 위해 만년설삼을 내주었습니다. 물론 설 소궁주의 강력한 요청이 있었지만 쉽지 않은 선택을 하였습니다."

고개를 끄덕이며 설관악을 향해 발걸음을 내딛는 마현을 향해 철용이 급히 몇 마디를 덧붙였다.

"만년설삼?"

마현은 철용의 말에 발걸음을 멈추고 고개를 돌렸다.

"그렇습니다, 주군."

"흠……."

마현은 한층 깊어진 눈으로 고개를 살짝 주억거렸다.

'만년설삼이라…….'

이제야 자신의 몸이 이해가 되었다.

피폐해진 내부가 치유되는 것을 넘어 과거의 힘을 찾게 된 연유를 알게 되었다.

'남에게 도움을 받은 건 마음에 들지 않지만 큰 은혜를 입었군.'

마현은 입맛을 쓰게 다시며 설관악이 있는 곳으로 걸음을 옮겼다.

"다행입니다, 대공자."

설관악 앞으로 마현이 막 다가서려 할 때 냉천휘가 한 걸음 다가오며 포권을 취했다.

"걱정해 주셔서 감사합니다."

"많은 사람들이 덕분에 목숨을 구했으니 당연한 일이지요."

냉천휘는 설린과 만년설삼으로 인해 복잡해진 머리를 지금 만큼은 모두 털어버리고 목소리에 진심을 담았다.

"아닙니다. 오히려 본인 때문에 고초를 겪게 해서 이 마 모가 죄송할 따름입니다."

마현은 냉천휘에게 포권을 취한 후 설관악을 향해 다시 포권을 취했다.

"귀한 것을 내주셨다고 들었습니다."

"험, 험험. 아닐세."

설관악은 미묘한 감정이 담긴 헛기침을 내뱉었다.

"그에 상응하는 보답은 반드시 하겠습니다."

비록 감사의 뜻이 담겨 있다고는 하지만 상당히 직설적인 인사였다. 가뜩이나 마현이 마음에 들지 않는 설관악은 그 말에 불편한 심기를 언뜻 드러냈다.

"상응하는 보답이……."

마땅찮은 목소리로 대답하던 설관악의 목소리가 중간에 딱 잘렸다.

"마 공자님."

바로 설린의 목소리가 들린 까닭이었다.

그다지 크지도 작지도 않은 설린의 목소리였지만 설관악의 말 사이를 미묘하게 끊어버린 것이다. 설관악은 눈가를 찌푸리며 입을 다물었다.

"쾌차하셔서 다행입니다."

한한파파와 함께 마현 곁으로 다가온 설린은 그사이 많이 수척해진 모습이었다.

마현은 설린을 보자 복잡한 마음이 먼저 생겨났다. 또한 그녀로 인해 북해빙궁이 자신에게 만년설삼을 내주었다는 철용의 말이 더 한층 마현을 복잡하게 만들었다.

하지만 마현은 그런 복잡한 마음을 차갑게 잘라 버렸다.

자신이 가야 할 길에 설린은 없었다. 그리고 동행할 이유도 없었다.

물론 설린을 향해 마음이 살짝 흔들렸던 것도 사실이다. 새삼 다시 느끼는 것이지만 그런 마음은 마현에게 있어서 사치, 그 이상도 그 이하도 아니었다.

그래서일까.

"덕분에……."

설린의 말에 화답하는 마현의 모습은 무척 예의를 차리는 듯했지만 어딘가 모르게 딱딱하고 차갑다는 느낌이 들었다.

"설 소궁주의 은혜는 내 반드시 갚겠소. 약조하오."

일체의 감정이 배제된 듯한 마현의 음성과 표정에 설린의 눈동자가 잠시지만 파르르 떨렸다. 하지만 설린은 강한 여인이었다. 금세 평정심을 되찾았다.

"다행이네요. 이 소녀는 그것만으로 족합니다."

그녀는 희미하지만 마현을 향해 미소를 지었다.

그 모습을 지켜보던 설관악의 눈동자에서 불똥이 튀었다.

그동안 설린의 행동을 지켜보며 그래도 둘이 좋아하는 마음이 있겠지 싶었다. 헌데 지금 보니 설린 혼자 짝사랑을 하고 있는 것이 아닌가?

안 그래도 마현이 마음에 들지 않았던 설관악이다.

자신이 충격을 받을 정도로 딸아이의 마음을 흔든 자가 아니던가. 그런데 짝사랑이라니?

홀로 짝사랑하는 설린의 모습은 실망스럽기까지 했다.

가슴 속에서 천불이 일어났다.

그런 감정은 고스란히 눈에 투영되었다.

'감히 네놈이 무엇이기에…… 눈에 넣어도 아프지 않을 내 딸의 마음을 아프게 한단 말인가?'

하지만 노기를 입 밖으로 내지는 못했다.

그런 차가운 모습에도 기뻐하는 설린의 모습이 설관악의 눈에 훤하게 보이는 까닭이었다.

'끄응!'

앓는 소리를 홀로 삼키며 설관악은 애써 노기를 가라앉혔다.

어느 아비가 딸의 웃음을 지울 수 있겠는가 말이다.

"상응하는 보답이라고 했던가?"

"말씀하시지요."

자신이 말을 걸자 쌀쌀맞을 정도로 설린에게서 몸을 휙 돌려버리는 마현의 모습에서 설관악은 애써 꾹 눌렀던 노기가 다시 터지려 했다. 하지만 그것에 언뜻 실망하는 듯한 설린의 표정을 보고는 노기를 꾹 눌러 참았다.
"당장……, 아니 오늘 저녁에……."
어느새 날이 밝아오고 있었다.
"나를 찾아오게. 크흠."
"……?"
"그럼 그때 내게 보답해 줄 것을 말하지."
애써 노기를 억눌렀다지만 설관악의 목소리는 그다지 곱지 않았다.
"알겠습니다."
느닷없는 소리였지만 마현은 설관악의 말을 받아들였다.
"크흠!"
설관악은 잠시 안쓰러운 눈으로 설린을 바라보다 마현을 노려본 후 몸을 돌려 대연무장을 성큼성큼 나가 버렸다.
"휴우."
대연무장을 나서자마자 설관악은 깊디깊은 한숨을 푹 내쉬었다.
'못난 녀석……, 도대체 이 아비의 마음을 얼마나 더 썩이려고…….'
하지만 설관악이 어찌할 수 있는 것은 없었다.
그것이 딸을 가진 아비의 업이자 마음이었으니까.

*   *   *

다각 다각 다각 다각.

화려한 마차를 육십여 명의 무인들이 호위하고 있었다.

그 마차 지붕 위로 황금색 바탕에 선명하게 붉은 태양이 그려진 깃발이 펄럭이고 있었다.

바로 남해로 돌아가는 양곽원의 마차였다.

와장창창!

최고급 장인이 만든 마차라서 그런지 산길을 달리는 와중에도 내부는 안락함을 느낄 정도로 큰 요동이 없었다. 그 안에서 술을 마시던 양곽원이 신경질적으로 술잔을 마차 벽에 집어던졌다.

술잔이 부서져 파편과 술이 사방으로 튀었다.

벽면에 난 자국으로 보아 그렇게 술잔을 던진 것이 처음은 아닌 것 같아 보였다.

씩씩거리며 거친 호흡을 내뱉던 양곽원은 술잔으로도 만족하지 못했던지 술병과 간단한 안주거리가 담긴 쟁반을 들어 다시 벽에 집어던졌다.

술기운에 벌겋게 핏발이 선 눈으로 입술을 자근자근 씹어댔다.

"감히……, 감히……!"

결국 양곽원은 분을 이기지 못하고 몸을 부들부들 떨었다.

"그런 찢어죽일 마현 놈과 북해도 어찌하지 못한 놈들이……, 감히, 감히 남해를 능멸해?"

양곽원은 살기 어린 눈동자로 어금니를 박박 갈았다.

무림맹에서 은근히 무시를 당하며 축객령을 받고 쫓겨나듯 떠나야 했다. 어느새 무림맹의 중심이 된 검림주의 입김이 그리 만든 것이다.

"흥, 멍청한 무림맹 놈들. 결국 안에서 아옹다옹하더니 듣도 보도 못한 검림주에게 무림맹을 갖다 바치다니 말이야."

어느새 조롱이 담긴 비웃음이 양곽원의 입가에 맺혔다.

"모습조차 제대로 드러내지 않고 북해가 어쩌고, 마교가 저쩌고 했을 때부터 알아봤어야 하는데……. 아니면 지금쯤 설린, 그년과 함께 이 마차에서 뜨거운 운우지락을 나누고 있었을 것이 아닌가?"

살기가 짙던 눈동자에 어느새 음탕한 욕정이 대신 들어찼다.

와직!

양곽원은 발밑에서 뒹굴던 사기 파편을 발로 밟아 으깼다. 그런 그의 눈동자에는 욕정과 살기가 뒤엉켰다.

"남해로 돌아가는 즉시……."

그때 갑자기 덜커덕거리며 마차가 멈췄다.

"무슨 일이냐?"

양곽원은 마차의 창문을 열며 신경질적으로 물었다.

"산적들이 길을 막았습니다."

열풍대주의 말에 양곽원은 못마땅한 눈빛을 띠며 혀를 찼다.

"무능해도 어찌 이리 무능한지……. 에잉."

양곽원은 한 팔을 잃고 펄럭이는 열풍대주의 빈 소매를 보며 낯을 찌푸렸다.

"미리 길을 뚫었어야 하지 않나."

"죄, 죄송합니다. 주군."

"에잉, 쯧쯧쯧."

양곽원은 허리를 숙이는 열풍대주를 보며 연신 혀를 찼다.

쾅!

그리고는 거칠게 창문을 닫아 버렸다.

"휴우."

열풍대주는 양곽원의 모습에 무거운 한숨을 푹 내쉬었다. 그런 그의 곁으로 적양대주가 다가왔다.

"쉬고 있으시오. 적양대가 뚫을 테니."

제때 상처를 치료하지 못했고, 또 휴식마저 제대로 취하지 못해 안색이 창백한 열풍대주 앞으로 적양대주가 나섰다.

"태양의 길을 막은 놈들은 아무도 살려주지 마라."

"명!"

"명!"

적양대주의 명에 적양대원들은 일제히 앞길을 가로막은 산적들을 향해 몸을 날렸다.
"으아아악!"
한적한 산길에서 비명이 터졌다.
그 순간 적양대주의 눈은 튀어나올 정도로 부릅떠졌다.
산적들에게서 터져 나와야 할 비명이 적양대원들의 입에서 터져 나온 까닭이었다.
'펴, 평범한 산적들이 아니다.'
그제야 적양대주는 산적들의 눈빛이 예사롭지 않다는 것을 알아차렸다. 시퍼렇게 날이 선 칼날 같은 예기가 산적들로 위장한 이들의 눈동자에서 흐르고 있었던 것이다.
파르르 떨리는 적양대주의 눈 끝이 다시 한 번 꿈틀거렸다.
자신들을 에워싸는 엄청난 양의 살기가 느껴진 것이다.
아니나 다를까.
제발 틀리기를 바랐건만 어느 순간 백여 명의 정체모를 인물들이 모습을 드러냈다.
그제야 상황을 알아차린 열풍대주 역시 어색하게 검을 뽑아 들었다.
"방진(方陣)을 구축하라, 어서!"
파리한 안색에 상당히 지친 몸인데도 불구하고 열풍대주는 기개에 찬 목소리로 수하들에게 명을 내렸다. 그 명에 열풍대원들은 재빨리 마차를 둘러싸며 보호했다.
쾅!

그때 마차 문이 우악스럽게 열리며 거칠고 짜증이 잔뜩 묻은 양곽원의 목소리가 터져 나왔다.

"아직까지 길을 내지 않고 뭐하……."

진한 피비린내와 함께 심상치 않은 공기를 느낀 양곽원은 굳은 얼굴로 몸을 일으켰다. 마차 밖으로 나와서야 주변을 둘러싸고 있는 백여 명의 정체를 알 수 없는 이들을 발견했다.

양곽원은 내력을 끌어올려 취기를 날렸다.

"웬 놈들이냐?"

적들의 기세가 살벌한지라 양곽원은 눈을 가늘게 뜨며 기민하게 주위를 살폈다. 적양대원 반수 이상은 이미 주검이 되어 있었고, 그나마 살아남은 반수 역시 피를 철철 흘리는 것이 중상을 입은 듯했다.

"망종도 이런 망종이 없어……. 수하들은 죽어나가는데 술에 빠져 이제야 마차에서 기어 나오다니 말이야."

정체 모를 인물들 사이에서 낯이 익은 중년인 한 명이 부채를 살랑살랑 흔들며 걸어 나왔다.

"네, 네놈은?"

그는 바로 검림의 좌검 호법이었다.

"불쌍하다, 불쌍해. 쯧쯧."

좌검 호법은 열풍대주를 보며 딱하다는 듯 혀를 찼다.

"이게 무슨 짓이냐?"

"훗, 범의 표피만 입은 고양이라서 그런지 여전히 상황 파악을 못하는 모양이군."

여유를 한껏 부리며 말하는 좌검 호법의 목소리에는 시퍼런 칼날이 담겨 있었다.

"감히 남해태양궁을 향해 검을 들겠다는 소리냐?"

"변방에서 어깨에 힘 좀 준다고 아주 세상이 네놈 것인 양 말하는구나."

좌검 호법의 부드러웠던 어투가 조금씩 딱딱해지며 날카롭게 변했다.

"뭐, 뭣이? 벼, 변방?"

양곽원의 얼굴은 보기 안쓰러울 정도로 구겨졌다.

"정말 네놈들이 불쌍하구나. 저런 망나니를 주인으로 모신 죄로 부질없이 목숨을 버려야 하니 말이다."

좌검 호법은 측은한 눈동자로 남해태양궁 무인들을 훑어보았다.

"갈!"

양곽원이 노기에 찬 호통을 터트렸지만 좌검 호법의 입술은 비릿하게 말려 올라갈 뿐이었다. 명백한 비웃음이었다.

"이러고도 검림과 무림맹이 무사하리라 믿느냐?"

"협박인가? 크크, 그래도 고양이 새끼가 범 무늬를 가졌다고 협박을 다 할 줄 아는구나."

양곽원의 말은 오히려 좌검 호법에게 더욱 차가운 미소만 짓게 할뿐이었다.

"우리가 고작 변방 놈들을 무서워할 거라 착각하지 마라."

그 비아냥거림에 양곽원의 얼굴은 붉으락푸르락 일그러졌다.

"하지만 네놈들 역시 무사하지 못할 것이다."

양곽원은 살기가 가득한 목소리로 마치 씹어대듯 말을 내뱉었다.

"이걸 보고도 그런 말이 나올까?"

"뭐, 뭣이?"

좌검 호법에게 반문하는 양곽원 앞으로 빙공에 당해 온몸이 얼어붙은 시체 한 구가 툭 떨어졌다.

양곽원은 흔들리는 눈동자로 꽁꽁 얼어붙은 적양대원의 시체를 보며 부르르 몸을 떨었다.

"부, 북해…… 빙궁?"

"아주 머리가 나쁘지는 않군."

빙공에 얼어붙은 적양대원의 시신은 자신이 보기에도 북해의 것과 똑같아 보였다.

그것은 곧 자신이 여기서 죽는다면 남해태양궁은 자신을 죽인 자들이 아닌 북해빙궁을 향해 검을 뽑을 것이란 소리였다. 그리 되면 자신의 죽음은 개죽음이 되는 것이다.

입술을 자근자근 씹어대던 양곽원이 주먹을 쥐락펴락하며 중얼거렸다.

"이대로 죽을 수는 없어. 살아야 해, 살아야 해."

양곽원은 어리석게도 그때서야 느꼈다.

이들이 작심하고 자신들에게 검을 뽑았음을.

그리고 이들에게는 그 찬란한 남해태양궁의 이름이 먹히지 않음을.

양곽원은 휘젓듯 손을 뻗어 그의 곁을 지키고 서 있는 열양대주의 어깨를 움켜잡았다.

"뭐, 뭐 하나?"

"소, 소궁주……."

"뭐 하냐고 물었다. 살려라, 하찮은 네놈들의 목숨을 바쳐서라도 나를 살려라!"

양곽원은 우악스럽게 열양대주의 등을 떠밀었다.

하지만 열양대주는 몇 걸음 내딛지 않고 멈춰 섰고, 고개를 푹 숙인 채 몸을 와들와들 떨었다.

"이놈!"

양곽원은 열양대주의 등을 발로 밟듯이 차 밀었다.

열양대주는 그렇게 떠밀려 다시 몇 걸음 더 내딛었다.

"남해에서 태어나 태양만을 바라보고 평생을 살아온 내게 이런 허망한 죽음이 올 줄이야."

자조적인 목소리를 처연하게 내뱉던 열양대주는 고개를 번쩍 들어올렸다.

"으허허허허허!"

울음 섞인 웃음이 허망하게 터져 나왔다.

"이, 이놈이. 지금 무슨 헛소리를……."

"그저 쓸모없는 죽음이라는 것이 슬플 뿐이오."

열양대주는 양곽원에게 쓰디쓴 목소리로 말하고는 검살단과 좌검 호법을 향해 앞으로 나아갔다.

"대, 대주!"

그런 열양대주의 모습에 열양대원들은 울분에 찬 목소리로 그를 불렀다.

"그래도 태양은 태양이다."

"……대주!"

받아들일 수 없다는 듯 대원들이 재차 목소리를 높였다.

"이, 이놈들! 지금 무슨 짓거리냐? 어서 방진을 짜지 못할까? 어서! 나를 보호하란 말이다!"

그 모습에 양곽원은 소리를 꽥꽥 질러댔다.

열양대주는 그런 양곽원을 회한이 가득한 씁쓸한 눈동자로 쳐다보았다.

"정녕 내 손에 죽어야 정신을 차리겠느냐?"

양곽원은 그런 열양대주를 보며 다시 길길이 날뛰었다. 열양대주는 입술을 꽉 깨물며 검살단과 좌검 호법을 향해 몸을 날렸다.

그 모습에 검살단이 몸을 움직이려 했지만 좌검 호법이 검을 빼들며 그들을 말렸다.

"본인이 맡겠다."

좌검 호법의 말에 검살단은 뒤로 한 걸음 물러났고, 좌검 호법은 열양대주를 향해 몸을 날렸다.

쐐애애액!

빛살처럼 빠른 검광이 좌검 호법의 검에서 시작되어 열양대주의 왼쪽 가슴에서 멈췄다.

푸욱!

검광이 왼쪽 가슴에 닿는 순간 열왕대주의 몸은 뇌전에 감전이라도 된 것처럼 온몸을 부르르 떨었다.

푸학!

그리고 그의 등 뒤로 피가 솟구치며 새하얀 검날이 삐쭉 튀어나왔다. 찰나보다 짧은 그 시간에 좌검 호법의 검이 열양대주의 심장을 꿰뚫어 버린 것이다.

"고통은 없을 것이다."

"……고맙다는 말은 하지 않겠소. 크헉!"

열양대주는 그 말을 끝으로 머리를 아래로 툭 떨어뜨렸다.

"몰살시켜라!"

좌검 호법은 그제야 명을 내렸다.

"명!"

"명!"

검살단이 일제히 남해태양궁 무인들을 향해 날아갔다.

*   *   *

 화려하지는 않지만 운치가 흐르는 방.
 북해빙궁이 마현에게 내어준 별채의 객방이었다.
 그 객방 한구석에 놓인 침상 위에 마현이 가부좌를 튼 채 조용히 눈을 감고 명상에 빠져 있었다. 어제의 행동이 과거의 힘을 되찾아 음미한 것이라면 지금의 행동은 완벽히 자신의 것으로 만들기 위한 것이다.
 그러는 동안 네 시진이 훌쩍 지났다.
 "후."
 마현은 흡족한 미소를 지으며 눈을 떴다.
 '생각보다 일찍 끝났군.'
 마현은 창문을 열어 아직 중천에 떠 있는 해를 올려다보았다.
 달리 방에 있어 봐야 할 일도 없어 문을 열고 밖으로 나왔다.
 별채 밖 앞뜰에는 서른 명의 흑풍대가 가부좌를 튼 채 명상에 잠겨 있었다. 오와 열을 맞추지 않고 제각기 편한 곳에 자리를 잡은 듯 보였지만 모두가 마현이 있는 객방으로 얼굴이 향해 있었다.
 그로 인해 별채 주변에는 은은한 마기가 깔려 있었다.
 마현은 앞뜰이 훤히 내려다보이는 처마 밑에 놓인 의자로 조용히 걸어가 앉았다. 그리고 다리를 꼬고 앉아 턱을 괴고는 명상에 빠진 흑풍대원들을 일일이 살폈다.

자신이 7서클로 올라설 때 흑풍대원들의 능력 역시 한 단계 올라섰다.

자신이 밤새 그랬던 것처럼 흑풍대원들 역시 한층 높아진 능력을 온전히 자신들의 것으로 만들고 있는 모습들이었다.

'흠!'

별채 뜰로 매섭도록 차가운 바람이 불어오자 마기가 불안하게 꿈틀거렸다.

명상이라는 것은 본래 편안하게, 그리고 고요한 상태에서 해야 한다. 하지만 그런 명상을 하기에 지금 별채 앞뜰은 그다지 적합한 장소가 아니었다. 더욱이 중원인들에게 쉽게 적응할 수 없는 북해의 차가운 바람과 영하의 기온은 오히려 피해야 할 것들이었다.

마현의 몸에서 조용히, 그리고 은밀하게 마기가 뿜어져 나왔다. 그 마기는 느리지만 중후하게 퍼져나가 앞뜰을 가득 뒤덮었다.

그러자 바람이 불 때마다 불안하게 흔들리던 흑풍대원들의 마기가 평안해졌다. 또한 살짝살짝 일그러지고 경련을 일으키던 흑풍대원들의 얼굴 역시 아주 평온해졌다.

마현은 투시 마법과 마나 스캔 마법을 이용해 흑풍대원들의 내부를 관찰했다. 그들의 단전 역시 확장되었지만 한 단계 높은 큰 성장을 주도하기에는 미미한 수준이었다.

'역시 마정석인가?'

마현은 그들의 가슴 언저리, 명치 부분에 위치한 구미혈에 박힌 마정석에 주목했다.

상당한 마기가 마정석 안에서 꿈틀거리고 있었다.

흑풍대원들의 몸에 박힌 마정석은 마기를 담는 그릇이 아니다. 단지 사령검사, 네크로나이트로서 흑마법을 발현시키기 위한 도구일 뿐이었다.

그런데 마정석에는 독자적인 마기가 들어차 있었다.

또한 마정석에서 이어진 마법진, 흑풍대원들의 상반신을 가득 채우고 있는 마법진 역시 은은한 마기를 머금고 있었다.

'마정석이 원인이군.'

마현은 검은색으로 변하며 덩치가 더욱 커진 스켈레톤을 떠올렸다.

자신이 7서클로 올라서며 흑사신에 관한 것은 어느 정도 예상했었다. 하지만 흑풍대와 스켈레톤은 아니었다. 엄밀히 말해 그들의 힘의 원천이 자신이기는 하지만 흑사신과 달리 흑풍대는 자신과 별개의 독립적인 존재들이다.

'뜻하지는 않았지만……'

흡족한 미소가 그려졌다.

그렇게 마현의 보호 아래 반 시진이 흘렀다.

"음."

가벼운 음성을 토해내며 흑풍대원들이 하나 둘씩 눈을 떴다.

불안전한 마정석에 담긴 마기를 단전의 지배하에 놔두게 된 것이다.

"주……."

눈을 뜨며 마현의 모습을 본 흑풍대원들이 자리에서 일어나 예를 차리려 하자 마현은 조용히 둘째손가락으로 입을 가렸다.

"쉿!"

그 행동이 무엇을 뜻하는지 알게 된 흑풍대원들은 다른 이들의 명상이 흐트러지지 않게 주위하며 조용히 자리를 지켰다. 그렇게 한식경쯤 시간이 더 흐르자 흑풍대원들 모두 눈을 떴다.

자리에서 일어나는 흑풍대원들을 보며 마현 역시 앞뜰에 펼쳐 놓은 마기를 거둬들였다.

'절정? 어쩌면 그 이상이겠군.'

대략적으로 흑풍대의 수준을 가늠한 것이기는 하지만 사실 그런 비교 자체가 무의미한 일이기도 하다. 왜냐하면 이미 흑풍대는 무림의 잣대로 평가할 수 있는 존재가 아닌 까닭이었다.

"주군!"

왕귀진을 필두로 쩌렁쩌렁하게 군례를 취하는 흑풍대를 보며 마현은 흡족함을 감추지 않았다.

"보기 좋군."

마현의 한 마디에 흑풍대원들이 한결같이 기쁜 얼굴로 활짝 웃음을 지었다.

"이게 다 주군의 은공입니다."

왕귀진의 말에 마현은 고개를 끄덕인 후 하늘을 올려다보았다.

날이 저물려면 시간이 한참이나 더 남았다.

"주군."

왕귀진이 조심스럽게 입을 열었다.

"아직 궁주와의 약속 시간도 남았으니 북해를 구경하는 것은 어떻습니까?"

그 질문에 마현이 빤히 왕귀진을 바라보자 그가 어색하게 뒤통수를 긁적였다. 매일, 하루에 일각조차 쉬지 않고 마치 기계처럼 흑풍대의 임무를 수행한 왕귀진이었다.

능력이 올라가고 긴박했던 싸움이 끝나서인지 몸과 마음이 조금 풀어진 듯 보였다. 하지만 그런 모습이 나쁘지는 않았다.

'오랜만에 휴식을 주는 것도 좋겠군.'

마현은 조심스럽게 자신의 눈치를 살피는 흑풍대원들의 모습에 희미하게 웃음을 지었다.

원래 삼류 마인이었던 흑풍대원들이었다.

자신을 만나기 전에는 자유롭게 살던 자들이었다.

가끔은 풀어줄 필요도 있었다.

그리고 마침 자신 역시 조금 무료했던 참이었다.

"허락하지."

시간의 여유가 좀 있었지만 그렇다고 많은 것을 할 수 있는 만큼 넉넉한 것도 아니었다. 그래서 북해빙궁 앞 번화가로 잠시 나가기로 했다.

마현이나 흑풍대나 별달리 준비할 것이 없었다.

"실례하겠습니다."

제아무리 마현과 흑풍대라고 해도 어디까지나 북해빙궁의 객이었다. 외지인이 함부로 주인의 허락도 받지 않고 돌아다니는 것도 예가 아니었다. 그래서 누구에게 길잡이를 부탁할까 논의할 때 마침 냉천휘가 그들이 머무는 별채로 들어섰다.

"불편한 것이 없나 살펴보려고 이렇게 들렸습니다."

냉천휘는 앞뜰에 모여 있는 흑풍대와 가벼운 눈인사를 나누며 마현 앞으로 다가왔다. 사실 그것 때문에 온 것은 맞지만 그렇다고 설관악의 제자인 그가 굳이 이렇게 나설 일은 아니었다. 그럼에도 냉천휘가 직접 온 것은 무인으로서의 순수한 호기심 때문이다.

냉천휘는 마현과 흑풍대에게서 충격적인 무위, 아니 무위라고 설명하기 힘든 마공을 경험했다. 그런 그들의 달라진 신위를 좀 더 세세히 살펴보고 싶은 마음이 더 큰 것이다.

"안 그래도 누구에게 부탁할까 했는데, 마침 냉 소협이 오셨군요."
 "혹 불편한 것이라도 있으신 겁니까?"
 "그건 아니고…… 시간이 남아서 그러는데 북해를 한 번 둘러보고 싶어서 그렇습니다."
 "그렇다면 제가 안내를 하겠습니다."
 냉천휘로서는 마현의 제안이 싫지 않았기에 선뜻 응했다.
 그렇기에 마현과 흑풍대는 냉천휘의 안내를 받아 북해빙궁 앞에 만들어진 번화가로 향했다.
 높고 견고한 외벽에 둘러싸인 빙궁을 벗어나자 차가운 바람은 더욱 매서워졌다.
 매서운 바람이 불어오는 곳은 빙궁 옆으로 끝이 보이지 않게 펼쳐진 거대한 호수 쪽이었다. 호수는 살얼음으로 뒤덮여 있었고, 그 주위로는 메마른 나무들이 하얀 눈송이를 몸에 두르고 바람에 흔들리고 있었다.
 그곳에서 불어오는 차가운 바람이 호수를 한층 더 신비롭게 만들었다.
 호수의 경관은 가히 장관이었다.
 "호오!"
 마현뿐만 아니라 흑풍대 역시 자연스레 감탄사를 터트렸다.
 중원 최고의 호수라는 동정호와는 다른 차원의 신선한 풍경이었다.
 "번화가는 여기서 조금 떨어진 곳에 있습니다."

냉천휘는 호수를 끼고 길게 뻗은 길을 가리켰다.

지리적 여건과 빙궁이 가진 위엄으로 인해 번화가는 멀지도 그렇다고 가깝지도 않은 곳에 위치하고 있었다.

매서운 바람을 맞으며 들어선 번화가 역시 마현과 흑풍대의 눈을 심심하게 하지 않았다.

북해의 경관은 확실히 중원의 것과는 달랐다.

건물의 양식도 생소했는데, 번화가의 건물들은 하나같이 조금은 답답할 정도로 높고 촘촘하게 들어서 있었다. 그런 형태로 북해의 차가운 바람을 막고자 한 듯 보였다.

번화가로 들어서면서 냉천휘는 앞서 걷던 걸음을 조금 늦춰 마현보다 반걸음 정도 뒤에 섰다. 이제부터는 자유롭게 북해의 번화가를 즐기라는 뜻이었다.

마현 역시 그런 냉천휘의 뜻을 짐작하고 흥미로운 눈으로 주변을 구경하며 유유자적 북해의 번화가를 걸었다.

넓은 대로 위로 들이치는 바람은 사람들을 절로 움츠러들게 만들 정도였다. 하지만 대로 위를 활기차게 걸어 다니는 행인들 중 누구도 몸을 움츠린 이는 없었다.

'과연 북해인은 다르군.'

북해인들의 기질을 엿볼 수 있는 모습들이었다.

'음?'

느긋하게 거리를 살피던 마현이 발걸음을 멈췄다.

은은하지만 상당한 마나를 느낀 탓이었다.

마현의 눈동자가 번화가의 대로 한구석으로 향했다.
거기에는 이십대 초반으로 보이는 한 청년이 좌판을 깔고 있었다.
"흠……. 재미있는 이들이군."
마현은 마나의 흐름을 따라가다 눈을 빛냈다.
청년 뒤로 서 있는 면사를 쓴 세 명의 여인이 눈에 들어왔다. 면사를 쓰고 있었지만 마현의 눈을 가릴 수는 없었다.
하나같이 이목구비가 수려한 미녀들이었다.
그녀들은 단순히 얼굴만 아름다운 게 아니었다.
청년만큼은 아니지만 상당한 내력이 그녀들의 몸에서 느껴졌다.
마현은 흥미로운 눈으로 청년을 바라보았다.
청년이 깐 좌판 위에는 자그만 단약들이 보였다.
"자자, 신선단이 왔습니다! 선계에서 지켜보고 계시는 저희 스승님이 전수해 주신 비법으로 만든, 그러니까 신선의 비법으로 만든 신선단입니다! 그럼 신선단이 과연 어떤 효능이 있느냐!"
청년은 구성진 목소리로 약을 팔기 시작했다.
'약장수? 세상에는 기인들이 많다고 하더니…….'
청년에게서 느껴지는 기운은 엄청났다. 그런 이가 약을 팔고 있으니 호기심이 생기는 것은 당연한 일. 마현은 고개를 돌려 냉천휘를 바라보았다.

마현의 시선에 냉천휘가 어깨를 살짝 들어올렸다 내렸다. 그 역시 처음 보는 인물이라는 뜻이다.

'상당한 내력을 가진 떠돌이 약장수라……, 거기에 무시할 수 없는 마나를 지닌 아름다운 여인 셋.'

마현은 피식 웃으며 고개를 돌렸다.

'응?'

약장수 청년이 이리저리 몸을 움직이기 시작하자 은은한 주향(酒香)이 느껴졌다. 그것은 놀랍게도 마나가 담긴 주향이었다. 주향이 퍼져 나오는 곳은 다름 아닌 약장수 청년의 가슴 쪽이었다.

'단순한 술이 아니야……. 명주, 아니 그 이상이군.'

마현은 투시 마법으로 약장수 청년의 가슴 속을 살폈다. 역시나 그의 품에는 술병 하나가 있었다.

'빈손으로 가기 좀 그랬는데 잘 되었군.'

마현은 저녁에 있을 북해빙궁주와의 약속을 떠올리며 약장수 청년에게로 발걸음을 옮겼다.

범상치 않은 기운을 풍기는 마현과 흑풍대가 우르르 청년 앞으로 걸어가자 좌판을 둘러싸고 있던 사람들이 자연스레 움찔거리며 공간을 만들었다.

가까이 다가가자 약장수 청년이 약을 팔다 말고 고개를 들어 마현을 쳐다보았다.

"놀랍군."

마현은 좌판에 깔린 약을 내려다보며 감탄했다.
"과찬이오."
마현은 고개를 끄덕이며 약장수 청년의 가슴을 쳐다보았다. 약장수 청년이 파는 약에도 흥미가 동했지만 마현이 원하는 것은 그의 가슴에 품고 있는 술이었다.
약장수 청년 역시 마현의 시선을 느꼈는지 품에서 술 한 병을 꺼냈다.
"이걸 보고 오셨소?"
"그렇소. 약뿐 아니라 술도 놀랍군. 내게 팔 생각 없소?"
그 말에 약장수 청년은 빙긋 웃으며 술병을 내밀었다.
"신선주라고 하오. 이 술을 알아보는 귀인에게 그냥 드리는 선물이니, 가져가시오."
약장수 청년은 다시 빙긋 웃었다.
그 미소에 마현 역시 웃음을 지어 보였다.
"신선주라……, 이름에 걸맞은 술이군."
마현은 술병을 고이 품에 넣었다.
"고맙소."
그런 후 정중하게 고개를 숙인 후 몸을 돌렸다.

*　　*　　*

거대한 대전.

붉은 바탕에 황금으로 만들어진 태양이 수놓아진 태사의.

그 앞에 남해태양궁의 주인인 양위도가 온몸을 부르르 떨며 짙은 살기를 내뿜고 있었다.

그가 내려다보고 있는 대전 바닥에는 관 하나가 놓여 있었다. 그리고 거기에서 조금 떨어진 곳에 검림의 좌검 호법이 무심한 얼굴로 서 있었다.

쿵 쿵 쿵!

양위도는 태사의를 등지고 대전 바닥으로 이어진 계단을 부숴 버릴 듯 밟으며 내려왔다.

양위도는 파르르 떨리는 손으로 관 뚜껑을 열었다.

쿵, 콰당, 탕탕탕!

관 뚜껑이 바닥으로 떨어졌다.

새하얀 냉기가 뿜어져 나오는 관 안에는 양곽원이 누워 있었다.

양위도는 바닥에 무릎을 꿍 찧으며 꿇어앉아 관 안에 누워 있는 양곽원의 얼굴을 쓰다듬었다.

이미 핏기마저 사라진 차디찬 송장이었다.

"이게 무슨 일이란 말이냐, 이게……."

양위도의 떨리는 뺨 위로 굵은 눈물이 주르르 흘러내렸다. 그리고 그 눈물은 양곽원의 얼굴 위로 뚝뚝 떨어졌다.

"네가 어찌 여기에 누워 있는 것이냐? 네가 왜?"

양곽원의 얼굴을 쓰다듬던 양위도의 떨림이 손에서 시작되어 사시나무처럼 온몸으로 퍼져나갔다. 그렇게 부들부들 떨리는 몸으로 양위도는 양곽원의 상체를 일으켜 품에 안았다.

양위도는 양곽원의 몸을 으스러지도록 꽉 끌어안았다. 그렇게 숨죽여 한동안 몸으로 울던 양위도가 머리를 위로 치켜세웠다.

"으아아아아!"

양위도는 분노에 찬 울음을 터트렸다.

뜨거운 열기가 담긴 내력이 단숨에 대전을 뒤흔들었다. 그로 인해 대전을 지탱하고 있던 아름드리 기둥과 연목(椽木)이 삐걱거리며 천장에서 자욱한 먼지가 우수수 떨어졌다.

양위도는 양곽원의 시신을 조심스럽게 내려놓고는 자리에서 일어나 남해태양궁의 하열 장로 옆에 서 있는 좌검 호법을 향해 걸어갔다.

좌검 호법 앞에 바투 다가선 양위도의 눈동자에는 붉은 핏발이 서 있었다. 그의 충혈된 눈가는 분통함을 애써 억누르는지 파르르 떨리고 있었다.

"뭐라 조의를 표현해야 할지 저 역시 안타까움을 금할 길이 없습니다."

좌검 호법은 허리를 깊게 숙여 다시 한 번 조의를 표했다.

"어, 어떻게 된 것인가? 곽원이가, 곽원이가 왜?"

양위도의 몸에서 어지간해서는 참기 어려운 뜨거운 열기가 뿜어져 나왔다. 좌검 호법은 인상을 살짝 찌푸리며 서둘러 내력을 끌어올려 몸을 보호했다.

"말하라!"

울분을 참지 못한 양위도가 결국 노성을 터트렸다.

엄청난 내력이 담긴 일갈에 좌검 호법이 타격을 받은 듯 휘청거리며 뒤로 몇 걸음 물러났다.

바스러지도록 움켜잡은 양위도의 손에서 뜨거운 열기가 피어올랐다.

"궁주님."

좌검 호법을 데리고 온 하열이 그런 양위도를 서둘러 말렸다.

"소궁주님의 시신을 운구해 온 분입니다."

양위도는 팔을 부들부들 떨며 주먹을 쥐었다 폈다 반복했다. 하지만 하열의 말이 맞기에 결국 양위도는 팔을 아래로 툭 떨어뜨리며 내력을 거둬들였다.

양위도는 한참 동안 눈을 감고 마음을 다스렸다.

"좌검 호법, 좀 더 상세히 설명해 줄 수는 없소이까?"

그런 양위도를 대신해 하열이 좌검호법에게 말을 건넸다.

"자세한 것은 본림(本林)도 잘 모르겠습니다. 다만 무림맹에서 북해빙궁의 소궁주와 사이가 그리 좋지 않다는 것만 얼핏 들었을 뿐입니다."

"북해빙궁이라고 했느냐?"

양위도는 눈을 뜨며 싸늘한 목소리로 물었다.

"소궁주의 몸에 나 있는 빙공의 흔적이나, 무림맹에서 있었던 일들을 조합해 보고……, 흉수가 그들이 아닐까 조심스럽게 추측만 해볼 뿐입니다."

의견은 내놓되 추측이라는 말로 교묘하게 뒤로 한 걸음 빠지는 듯한 대답이었다.

양위도에게는 그런 좌검 호법의 모호한 말이 상관없었다.

"하 장로. 지금 당장 남해태양궁의 모든 힘을 깨우라. 그 답은 북해에서 들을 것이다!"

양위도는 어금니를 갈며 지독한 살기를 내뿜었다.

분노

터벅 터벅.

사천성으로 들어서는 관도를 걸왕이 육포를 질겅질겅 씹으며 걷고 있었다. 언제나 유쾌한 모습을 보이던 걸왕이었지만, 그의 표정은 자못 심각했다.

'요즘 돌아가는 게 심상치 않아.'

짧은 시간 동안 너무 많은 일들이 일어났다.

걸왕은 제자 불취개에게 개방의 방주 자리를 내준 후 사실 그동안 무림의 일에서 한 걸음 물러나 있었다. 그런 그에게 지금 사방에서 들려오는 무림의 소문은 너무 급박하게 돌아가고 있었다.

더욱이 현도상인의 유언이 있은 직후였기에 여간 신경 쓰이는 게 아니었다.

'금마공이라……'

걸왕은 개방제자를 꼬드겨 얼마 전 화산파 무림대회에서 있었던 일을 소상하게 들었다. 그로서는 달포 전 사천성 독패장의 일을 마현과 함께 직접 경험한 터라 그 사건을 단순하게 생각할 수가 없었던 것이다.

'뭔가 냄새가 난단 말이야.'

걸왕은 그에 맞춰 등장한 검림에 대한 이야기를 떠올리며 입안에 가득한 육포를 꿀꺽 삼켰다.

문제를 해결하기 위해서는 불취개를 만나는 게 가장 적절한 방법이겠지만, 아마 걸왕 자신이 이런저런 이야기를 건네도 불취개는 귓등으로 듣고 말 것이다.

현재 무림맹의 주요 구성원이고 제아무리 정보에 밝은 개방의 방주라고 해도 시야가 좁을 터. 아마 자신이 현재 개방 방주라 해도 무림맹의 입장에서 이번 사태를 바라볼 수밖에 없을 거라고 걸왕은 생각했다.

오히려 지금처럼 무림에서 한 발 물러나 보니 더 많은 것이 보인다는 것을 걸왕은 여실히 느끼고 있었다. 그것을 제자 불취개에게 설명하는 길은 왠지 요원해 보였다.

그렇기에 걸왕은 일단 마현을 만나기로 마음을 먹고는 발걸음을 신강으로 돌렸다.

'응? 저놈들은?'

사천성으로 향하는 걸왕의 눈에 관도 가장자리에서 쉬고 있는 두 무당파 도인이 보였다. 그들은 바로 학방과 학성이었다.

'학방은 알겠고…… 저놈은 누구…… 오! 마현 놈의 친우렸다?'

걸왕은 인상착의를 보고 학성임을 단박에 알아차렸다. 그가 눈초리를 가늘게 치켜뜨며 기척을 숨긴 채 그 둘 곁으로 다가갔다.

숲을 가로지르는 관도 한편.

젊은 두 무당파 도인, 학성과 학방이 가던 길을 잠시 멈추고 나무를 등받이 삼아, 바위를 방석 삼아 잠시 쉬고 있었다.

학성과 학방의 행색은 꽤나 꼬질꼬질했다.

학방은 봇짐을 주섬주섬 헤치더니 그 안에서 벽곡단 두 알을 꺼냈다. 그중 한 알을 학성에게 내밀며 어색한 미소를 지었다.

"이거 미안하구나."

"아닙니다, 사형."

학성은 학방이 건네는 벽곡단을 받아들고는 입으로 가져갔다.

"사형으로서 정말 면목이 서지 않으니……, 이거 원."

학방은 무안한 듯 입맛을 다시며 벽곡단을 입에 넣었다.

월담 아닌 월담을 해 무단으로 무당파를 빠져나온 둘은 근 보름에 가까운 기간 동안 노숙 생활을 하고 있었다.

그 이유는 단 한 가지였다.

바로 그들에게 땡전 한 푼 없다는 것이다.

학성이야 수련동에서 나와 바로 월담했으니 수중에 돈 한 푼 있을 리 만무했다. 학방이 돈을 가지고 나왔어야 했는데, 급하게 짐을 챙기느라 가장 중요한 돈주머니를 무당파에 놔두고 나온 것이다.

평소라면 인근 무가에 들려 잠시 돈을 변통이라도 하겠건만 지금 둘의 상황으로 그건 무리였다. 그렇다 보니 둘은 수도승처럼 온갖 고행을 다 하며 길을 가고 있는 것이다.

"사형, 정말 괜찮습니다."

학성이 미안해하는 학방을 위로한답시고 말을 건넸지만 오히려 그 말은 학방을 더욱 무안하게 만들었다. 제아무리 도인이라고 해도 보름 가까이 벽곡단으로만 끼니를 때우는 것이 얼마나 고역인지는 학방 역시 잘 알고 있었다.

식사는 그렇다고 쳐도 근 보름 가까이 제대로 씻지도 못하고 길을 재촉하다 보니 꼴이 말이 아니었다. 이대로 시간이 조금만 더 흐른다면 거지가 친구하자고 할 판이었다.

"공연히 이 못난 사제 때문에 사형이 고생하시는 것 같아 죄송합니다."

"알기는 아는구나."

학방은 학성의 말에 농담하듯 가벼운 어투로 말을 받아주었다.
자신이 자꾸 미안해할수록 학성은 오히려 자책하는 듯했다. 그러니 이렇게 농담이라도 해야 서로에 대한 미안함을 털어버릴 수 있을 것 같았다.
"그나저나 어떻게 할 생각이냐?"
학방의 질문에 학성의 표정이 침중해졌다.
"아직 잘 모르겠습니다."
"흠……."
"일단 사천성으로 가볼까 합니다."
"사천성이라……."
학방은 고개를 끄덕였다.
일리가 있는 말이었다.
사천성은 현재 중원에서 유일하게 마교와 정파의 세력이 공존하는 지역이다. 그러니 자연스레 마현에 대한 소식을 들을 확률이 컸다.
"하지만 쉽지는 않을 게다."
"알고 있습니다. 하지만 만날 것입니다. 마교로 가는 한이 있어도요."
어찌 보면 유약해 보이는 학성의 얼굴에 굳은 의지가 드러났다.
바스락, 바스락.

그때 근처 수풀에서 기척이 들리며 누군가 나타났다.

"낄낄낄. 영락없이 거지로구나."

육포를 질겅질겅 씹으며 나타난 이는 걸왕이었다.

걸왕을 본 학방이 자리에서 일어나 공손히 포권을 취했다.

"걸왕 선배님을 뵈옵니다."

학성은 걸왕이라는 이름에 화들짝 놀라 자리에서 일어나며 공손히 예를 갖추었다.

"처음 뵙겠습니다. 학성이라고 합니다."

"앉어, 앉어."

걸왕은 손짓으로 땅바닥을 가리키며 맨바닥에 털썩 주저앉았다. 학방과 학성은 잠시 머뭇거리다가 조금 전과 달리 맨바닥에 자리를 잡고 앉았다.

"영락없는 거지로구나. 누가 보면 개방인 줄 알겠어, 낄낄낄."

둘의 모습이 뭐가 그리 재미있는지 걸왕은 괴팍한 웃음소리를 연신 내뱉었다.

"요 기분 나쁠 정도로 공손한 놈이 마현의 친우라는 놈이구먼."

걸왕의 말에 학성은 어색한 웃음을 지었다.

"친우가 좋긴 좋은 모양이구나. 그만큼 나이를 처먹고도 가출하는 것을 보면……."

학성과 학방의 얼굴이 동시에 딱딱하게 굳었다.

구실이나 하겠느냐? 하긴,
없나?"

쉽게 놀리는 것에 불과했지만 그 둘의 얼
울 정도로 일그러졌다.
간다고?"
있으면서도 얄밉게 질문하는 걸왕의 목소리는 느

성과 학방은 걸왕의 질문에 제때 대답하지 못했다.
 솔직히 대답하려니 혹여나 무당파에 소식이 들어갈까 봐 걱정이 되었고, 대답을 피하기엔 걸왕은 자신들이 쳐다볼 수 없을 정도로 까마득한 선배였다.
 그렇다 보니 바로 대답하지 못하고 우물거렸다.
 "요놈들이 어른이 물으시는데, 말을 그냥 씹어? 앙? 내 말이 요, 요 육포더냐?"
 걸왕이 질겅질겅 씹고 있던 침이 흥건히 묻은 육포를 입에서 꺼내 둘 앞에 흔들며 소리를 버럭 질렀다. 하지만 눈은 장난기 어린 웃음을 짓고 있었다.
 "아, 아닙니다."
 학방은 당황하여 말을 더듬으며 재빨리 대답했다.

"간다고, 안 간다고?"
"가, 갑니다."
"그래?"
걸왕은 다시 육포를 입에 넣으며 말했다.
"안 그래도 심심하던 차에 잘 되었다. 같이 가자."
"네, 네?"
학성이 너무 놀라 고개를 번쩍 들고 걸왕을 쳐다보았
"뭘 그리 봐?"
"아, 아닙니다."
"운 없으면 마교까지 가야 하는데, 혼자보다야 셋이 낫지 않겠느냐? 여차 하면 네놈들을 미끼로 던져주고 몸 피하기 좋고, 낄낄낄."

걸왕은 농이 짙게 묻은 웃음을 터트리며 자리에서 일어났다.

팡 팡 팡!

그리고는 먼지가 풀풀 날릴 정도로 엉덩이를 손바닥으로 두드려 털었다.

생각지도 못한 걸왕의 말에 학방과 학성은 그저 눈만 붕어처럼 끔뻑이며 걸왕을 올려다보았다.

"왜? 네놈들만 고약한 마현 놈을 만나라는 법이 있느냐? 냉큼 일어나지 못해?"

"아, 예."

버럭 내지른 걸왕의 호통에 학성과 학방은 화들짝 자리에서 일어났다.
"이놈들아, 꾸물대지 말고 어서 가자."
그렇게 학성과 학방은 뜻하지 않게 걸왕과 동행하게 되었다.

　　　　　＊　　　＊　　　＊

투각 투각 투각!
말발굽 소리가 사천성 성도의 대로 위를 무겁게 짓눌렀다. 말발굽 소리가 무거운 이유는 아마도 그 말을 모는 허진 때문일 것이다. 허진은 살기가 감도는 차가운 눈빛을 띤 채 묵묵히 말을 몰고 있었다.
습관처럼 항상 부드럽게 짓던 미소도 보이지 않았다.
살랑살랑 여유롭게 부치던 섭선도 보이지 않았다.
마기도 숨기지 않았다.
그가 지나가는 대로 위에는 찐득찐득한 살기가 말발굽의 흔적과 함께 꼬리를 물고 길게 이어지고 있었다.
철컹 철컹 철컹!
그리고 이어지는 무거운 쇳소리.
흡사 군대를 연상케 하는 묵철 갑옷을 입은 한 무리의 인마 떼가 허진의 뒤로 그 모습을 드러냈다. 그들은 허진과 함께 마교에서 떠나온 귀갑철마대였다.

 온몸을 두른 묵철 갑옷과 말에 두른 묵철 마갑이 서로 부딪히면 만들어낸 묵직한 소리는 주변의 공기마저 얼어붙게 만들었다.

 허진은 귀갑철마대를 이끌고 보란 듯이 정파와 마교 세력의 경계 지점인 중앙 대로를 걷고 있었다. 그들의 출현은 마현을 잡기 위해 마교로 통하는 길목을 두텁게 막고 있는 정파인들의 이목을 잡아끌기에 충분했다.

 허진 역시 대로를 중심으로 북쪽에서 진을 치고 있는 정파인들을 보았다.

 "국 대주."

 허진은 귀갑철마대주 국충을 불렀다.

 허진은 대략 서른 명쯤 되는 정파인, 속청검문 소속 무인들을 쳐다보며 살기를 흘렸다.

 "예, 부교주님."

 "보기 싫다. 치워라."

 나직했지만 위엄이 담긴 목소리로 허진이 명을 내렸다.

 "명!"

 국충은 군례를 취한 후 서른 명쯤 진을 치고 있는 속청검문 무인들을 향해 말머리를 돌렸다.

 쿵!

 그리고 자루부터 날까지 온통 철로 만들어진 언월도를 바닥에 내려찍었다.

그 소리에 속청검문 무인들이 움찔거렸다.

귀갑철마대주는 그런 그들을 보며 느리지만 차가운 목소리로 내뱉었다.

"제1대, 거도(擧刀)!"

쿵 쿵 쿵 쿵 쿵!

귀갑철마대주 국충 뒤에 오와 열을 맞춘 오십의 인마 중 절반인 스물다섯의 인마가 앞으로 한 걸음 나왔다. 스물다섯의 인마, 귀갑철마대 소속 2개 부대 중 제1대였다.

그들은 엄청난 무게의 언월도를 들어 대로 위에 깔린 장판석을 내려찍었다. 그리고는 언월도를 허공에서 빙빙 돌린 후 옆구리에 꼈다.

"출병!"

귀갑철마대주의 명이 떨어지자 제1대가 절로 오금을 저리게 만드는 말발굽 소리와 함께 단숨에 서른 명의 속청검문 무인들을 향해 달려 나갔다.

설마 마교에서 이렇게 보자마자 덤벼들 줄 몰랐던 속청검문 무인들은 허둥지둥 검을 뽑으려 했다.

번쩍!

하지만 그보다 귀갑철마대의 언월도가 더 빨랐다.

서걱!

살이 베어지고 뼈가 갈라지는 소리와 함께 붉은 피가 허공으로 튀었다.
"으아아악!"
 운 좋게 귀갑철마대의 언월도를 피한 속청검문의 무인은 서늘해진 가슴을 쓸어내리기도 전에 자신의 머리를 짓이겨오는 마갑을 착용한 흉마의 커다란 앞발을 봐야 했다.
 콰직!
"크악!"
 그렇게 단발마가 재차 터지기도 전에 속청검문 제자들은 싸늘한 주검으로 바뀌어 있었다. 그들이 서 있던 곳에는 비릿한 피 냄새만이 떠돌고 있을 뿐이었다.
 철컹 철컹!
 귀갑철마대원들은 언월도를 거둬들이며 본래 서 있던 자리로 돌아왔다.
 그들이 다시 앞으로 나아가려 할 때 저 멀리서 사천총타 소속 마인들이 모습을 드러냈다. 그 선두에 위치한 사천총타주 호태악이 서둘러 달려와 허진 앞에 섰다.
 하지만 예를 갖추려던 호태악은 대로 위에 펼쳐진 피와 주검들로 인해 잠시 흠칫하며 허진을 올려다보았다.
 말 위에서 눈을 내리깔고 자신을 바라보는 허진의 눈빛은 심금을 오그라들게 만들 정도로 차가웠다. 호태악은 저도 모르게 마른침을 꿀떡 삼키다가 그 소리에 놀라 화들짝 몸을 떨었다.

"부교주님을 뵈옵니다."

대로라 그냥 허리만 깊숙이 숙여도 되었지만 호태악은 허진의 기운에 눌려 자신도 모르게 맨바닥에 부복했다. 땅에 닿은 호태악의 옷자락이 바닥의 질펀한 핏물로 금세 붉게 젖어들었다.

"총타로 가지."

전 같으면 부드러운 웃음을 지으며 안부라도 물었을 허진이었지만 지금은 전혀 다른 사람 같았다. 쳐다보기도 힘들 정도로 마기와 살기를 풀풀 풍기고 있었던 것이다.

"속하가 모시겠습니다."

호태악은 허진과 눈조차 제대로 마주치지 못하고 허리를 바싹 숙인 채 길을 앞장섰다.

호태악이 그러할 진데 그를 따라 나온 사천총타 소속의 마인들은 어떻겠는가?

숨조차 마음대로 쉬지 못하고, 발소리마저 죽인 채 조용히 뒤를 따를 뿐이었다.

그렇게 스무 걸음 내딛었을까?

저 멀리서 우르르 달려오는 한 무리의 무인들에 의해 다시 발걸음을 멈춰야 했다.

비명을 들어서인지, 아니면 누군가를 통해서 소식을 들었는지 허진의 앞을 가로막은 이들은 속청검문 무인들이었다. 단순이 진을 치고 있는 무인들이 아니라 속청검문 소속 정예들인지 그들의 몸에서 풍기는 기세는 상당했다.

그들 속에서 장년인 하나와 청년 둘이 앞으로 걸어 나왔다.

바로 속청검문 문주인 정용휘와 소문주 정호영, 그리고 일대제자인 유엽강이었다. 특히 정용휘는 대로 구석에 주검이 되어 쓰러져 있는 속청검문 제자들을 보자 얼굴을 붉히며 수염을 바르르 떨었다.

"저자는 누구냐?"

허진은 그런 정용휘를 아래로 굽어보며 호태악에게 물었다.

"속청검문주 정용휘와 그의 문도들입니다."

"쓸 만한 정보를 알 수 있겠군. 귀갑철마대주."

조용히 중얼거리던 허진은 냉랭한 목소리로 다시 귀갑철마대주를 불렀다.

"하명하시옵소서."

"문주를 제외하고 모두 죽여라."

"명!"

그 즉시 귀갑철마대가 언월도를 들었다.

쾅!

동시에 말발굽 소리가 터졌다. 폭음에 절로 인상이 찌푸려졌을 때 이미 귀갑철마대는 근 오십여 명의 속청검문 무인들을 에워싸고 있었다.

"서, 설마 염라서생 허진? 귀, 귀갑철마대?"

그제야 정용휘는 상대를 알아봤다. 그저 마인이라고만 생각하였는데 마교 부교주라니. 머릿속이 하얘지는 기분이었다.

"신, 신호탄을 쏘거라, 어서!"

자신들의 힘으로는 어찌할 수 없는 상대임을 깨달은 정용휘는 다급하게 소리쳤다. 그 소리에 유엽강은 품에서 서둘러 작은 죽통을 꺼내들었다.

죽통 아래 늘어진 가는 줄을 잡아당기려 할 때였다.

새하얀 빛이 반원의 궤적을 그리며 유엽강의 오른손을 스치고 지나갔다.

서걱, 툭!

신호탄을 쥐고 있는 그의 오른손이 잘려 바닥에 툭 떨어졌다.

"으아악!"

유엽강은 왼손으로 피가 솟구치는 오른팔을 부여잡고 고통에 찬 비명을 질렀다. 정용휘는 그런 비명에도 아랑곳하지 않고 바닥에 떨어진 신호탄을 서둘러 집어 들었다.

"놔둬라."

정용휘를 향해 다시 언월도를 치켜든 귀갑철마대주는 허진의 목소리에 멈칫했다.

무슨 연유인지 모르지만 정용휘는 그 틈을 타 재빨리 신호탄을 터트렸다.

슈우웅—

푸른 불꽃이 하늘로 올라가며 '펑!' 터졌다.

분노 71

신호탄을 보고 곧 지원군이 온다는 사실 때문인지, 정용휘는 전보다는 조금 안정된 모습이었다. 거기에 없는 힘까지 생겼는지 허진을 향해 검을 들며 소리쳤다.

"이곳은 엄연히 정마 합의에 의한 불가침지역이거늘, 어찌 본문의 제자들을 죽인 것이냐? 네놈들이 원하는 것이 정마대전이냐?"

정용휘의 일갈은 객기 그 이상, 그 이하도 아니었다.

허진의 미간이 좁아졌다. 그리고 허진의 표정이 심상치 않다고 정용휘가 느낄 때였다. 말에 앉아 있던 허진의 모습이 그 자리에서 사라졌다.

허진이 모습을 드러낸 곳은 정용휘와 한 걸음이 채 떨어지지 않은 바로 코앞이었다.

허진은 손을 뻗어 정용휘의 목줄기를 틀어잡았다.

"컥!"

정용휘는 허진의 그림자조차 보지 못한 채 그의 손아귀에 잡혀 숨통이 틀어 막혔다.

"내 제자를 죽이기 위해 이곳에서 길목을 가로막고 서 있었던 것이 아닌가?"

허진의 눈동자에서 진득한 살기가 담긴 마기가 폭사되었다.

"크으으, 커헉!"

정용휘의 목줄기를 잡은 허진의 손등에 힘줄이 솟아올랐다. 숨이 막힌 정용휘는 고통에 찬 신음조차 제대로 내뱉지 못한 채 눈의 검은자위가 서서히 위로 올라갔다.

"아, 아버지!"

쐐애애액!

정용휘의 위급함을 안 정호영이 허진의 등을 향해 검을 휘둘렀다.

허진은 정용휘의 목줄기를 여전히 움켜쥔 채 몸을 반쯤 틀었다. 그리고 새하얗게 변한 왼손을 들어 정호영의 검날 중앙을 움켜잡았다.

키긱!

정호영의 검과 허진의 손 사이에서 쇠와 쇠가 갈리는 듯한 소리가 만들어졌다.

"네 눈으로 보라, 내 제자를 노린 대가를!"

허진의 차가운 목소리와 함께 정호영의 검이 그의 손안에서 부서졌다.

와장창창창!

허진은 반 토막이 나 땅으로 떨어지는 검날을 맨손으로 잡아 그대로 정호영의 미간 사이에 내리꽂았다.

콰득!

정호영의 미간 사이에 부러진 검날이 깊게 박혔다.

눈동자가 튀어나올 정도로 부릅떠진 정호영은 비명조차 질러보지 못하고 썩은 고목나무처럼 뒤로 넘어갔다.

그 모습에 화등잔처럼 떠진 정용휘의 눈동자에 핏발이 서며 파르르 떨렸다. 애타게 정호영을 부르려는 듯 기를 쓰고 입을 벌렸지만 바람 빠진 공처럼 '쌔액쌔액' 하는 소리만 나올 뿐이었다.

"무, 문주님!"

속청검문 무인들이 정용휘만이라도 살리고자 몸을 날리려 했지만 이미 그 사이를 귀갑철마대가 가로막고 서 있었다.

"이익!"

귀갑철마대에게서 뿜어져 나오는 위세에 짓눌린 속청검문 무인 하나가 공포를 이기지 못하고 앞에 서 있는 귀갑철마대원을 향해 미친 듯이 달려 나가며 검을 휘둘렀다.

캉!

검은 마갑에 부딪혀 그대로 튕기고 말았다.

귀갑철마대원은 그 속청검문 제자를 향해 언월도를 번쩍 들어올렸다가 내려찍었다.

쑤아아악!

"히익!"

속청검문 제자는 자신을 베어오는 언월도에 사색이 된 채 몸을 바르르 떨었다.

이제는 죽었구나, 체념할 때 그는 자신 앞에 내려서는 그림자를 보았다.

쾅!

바로 걸왕이었다.

"이이이!"

귀갑철마대원은 다시 언월도를 들어올리기 위해 힘을 썼다. 하지만 걸왕의 손에 잡힌 언월도는 꼼짝달싹하지 않았다.

"이놈아, 서둘러라!"

걸왕은 언월도를 움켜잡은 채 내력을 담아 소리쳤다. 그런 걸왕 곁으로 비호같은 그림자가 스쳐지나갔다. 그 그림자의 주인은 학성이었다.

학성은 걸왕의 손에 걸려 꼼짝달싹 움직이지 못하는 귀갑철마대원의 어깨를 밟으며 허진과 정용휘 사이로 뛰어올랐다.

스르릉— 쐐애액!

그리고 허진의 팔을 향해 검을 내려찍었다.

평행선

시간이 정오에 접어들 무렵 걸왕과 학방, 그리고 학성은 사천성 성도로 들어섰다.
"짭짭짭."
걸왕은 여전히 육포를 씹고 있었다.
꼬르륵.
그런 걸왕의 배에서 이해할 수 없는 소리가 흘러나왔다.
"요놈은 여하튼 주책이 없어."
걸왕은 배를 한 번 툭 치며 어색한 듯 웃었다.
"그러고 보니 벌써 점심 먹을 때가 되었나?"
중천에 기우뚱하게 걸린 해를 올려다보며 걸왕은 벌써부터 입맛을 쩝쩝 다셨다.

슈우웅—

그때 태양 옆으로 녹색 빛줄기가 솟아오르더니 펑하고 터졌다.

'저건?'

익살스럽던 걸왕의 얼굴이 순간 달라졌다.

그것이 무림맹 차원에서 사용하는 긴급신호탄임을 알아차린 것이다.

"이놈들아, 급한 일 터진 것 같다. 서두르자."

학성과 학방 역시 신호탄을 본 후라 어렵지 않게 걸왕과 엇비슷하게 바닥을 박차며 몸을 튕겼다.

하지만 제아무리 학성과 학방이 무당파의 미래를 짊어진 후기지수라고 해도 걸왕에게 미치지 못하는 것은 자명한 일.

신호탄이 터진 곳에 가장 먼저 도착한 것은 걸왕이었다.

그의 눈에 속절없이 당하고 있는 속청검문의 무인들이 보였고, 그들을 휘몰아치는 한 무리의 인마 떼를 발견했다.

'귀갑철마대?'

언월도를 휘두르는 귀갑철마대를 보고 걸왕은 일단 몸을 날렸다. 그들의 손에 속청검문의 무인이 목숨을 잃는 것을 마냥 보고만 있을 수 없었던 까닭이다.

걸왕은 시야를 가린 귀갑철마대의 틈에서 한 중년인의 손아귀에서 목숨을 잃어가는 속청검문주 정용휘를 발견했다.

"이놈아, 서둘러라!"

급한 마음에 학성과 학방을 불렀다.

아니나 다를까, 자신을 쫓아왔던 학성이 걸왕의 말에 귀갑철마대원의 어깨를 밟으며 그 중년인과 정용휘 사이로 뛰어들어갔다. 학성의 등장으로 인해 귀갑철마대원들의 간격이 좀 더 벌어지자, 걸왕은 그제야 중년인의 얼굴을 온전히 볼 수 있었다.

'아차!'

그리고 그 중년인이 마교 부교주 염라서생 허진임을 알아차렸다. 하지만 이미 상황은 늦어 버렸다.

쐐애애액!

학성이 허진의 손목을 향해 검을 내리치고 있었던 것이다.

검이 날카로운 비명을 내지를 때 학성의 손목이 살짝 틀어졌다. 학성은 의도적으로 검날이 아닌 검면으로 허진의 손목을 공격해 들어간 것이었다.

학성은 이 공격으로 충분히 허진과 정용휘를 떼어놓을 수 있을 거라 여겼다. 하지만 상대가 누군지 알았다면 학성은 결코 그런 여유를 부리지 못했을 것이다.

허진은 학성의 검면을 손등으로 후려갈겼다.

깡!

쇳소리가 울리며 검이 활대처럼 크게 구부러졌다가 다시 펴졌다.

차장—

"큭!"

그 충격으로 학성의 몸이 다시 허공으로 튕겨져 올라갔다. 하지만 학성의 실력 역시 여느 후기지수들에 비해 월등이 높은 터라 재빨리 신형을 틀어 안정적으로 내려섰다.

하지만 부르르 떨리는 검신으로 인해 시큰거리는 손목의 고통을 참느라 학성의 한쪽 뺨이 씰룩씰룩 일그러졌다.

허진은 학성이 왼손으로 오른 손목을 매만질 때 소매 끝에 난 태극 수실을 보며 눈을 빛냈다.

'무당파 제자인가?'

그때서야 허진은 자신을 공격해 온 젊은 도인의 얼굴에 시선을 주었다.

"강우야."

허진은 여전히 자신의 손아귀에서 숨이 막혀 캑캑거리는 정용휘를 뒤로 내밀었다.

"예, 주군."

휘청거리며 주저앉으려는 정용휘 앞으로 흐릿한 그림자가 언뜻 비치더니 하얀색 피풍의를 온몸에 두른 한 장년인이 모습을 드러냈다. 마교에서도 그 모습을 잘 드러내지 않는 유령대의 총대주 하강우였다.

하강우는 정용휘의 수혈을 짚으며 품에 안아들었다.

허진은 손이 자유로워지자 차가운 미소를 지으며 학성 앞으로 천천히, 하지만 무겁게 걸어 나갔다.
 허진이 한 걸음씩 나아갈수록 학성의 얼굴은 조금씩 굳어졌다. 전신을 압박해 들어오는 엄청난 기세에 학성의 몸은 뻣뻣해지며 긴장으로 온 신경이 곤두섰다.
 "학성아."
 그때 학방이 학성 곁으로 내려서며 허진을 향해 검을 내밀었다. 학방 역시 학성처럼 얼굴이 긴장으로 딱딱하게 굳어 있었다.
 "알량한 자비를 바라지 마라."
 허진의 몸에서 상상조차 할 수 없는 가공할 만한 살기가 뿜어져 나왔다.
 그 기세는 조금 전과 비교할 수 없을 정도로 두 사람의 목을 조여 왔다. 허진의 살기에 학방과 학성은 인지조차 하지 못했지만, 그들의 몸은 사시나무처럼 바르르 떨고 있었다. 그 바람에 손위 쥔 검까지 수전증에 걸린 것처럼 마구 흔들렸다.
 "으으으으."
 허진과의 거리가 가까워질수록 주변의 공기가 사라진 듯 숨이 턱턱 막혔다. 뜨거운 사막에라도 서 있는 것처럼 등줄기에서 땀이 주르르 흘러내렸다.
 두 사람이 마지막을 각오하며 눈을 부릅뜬 순간, 온몸을 죄여오던 무형의 기운이 갑자기 사라졌다.
 "헉헉, 헉헉헉."

그로 인해 학성과 학방은 격하게 숨을 몰아쉬었다.
"오랜만일세, 허 부교주."
그런 둘 앞에 어느새 나타났는지 걸왕이 홀연히 서 있었다.
평소의 장난기 가득한 걸왕의 얼굴이 아니었다. 허진을 바라보는 그의 표정은 진지하기 이를 데 없었다.
"죽을 자리를 찾아왔군."
허진은 걸왕의 등장에 발걸음을 멈췄다. 그렇다고 기세까지 누그러뜨린 것은 아니었다. 다만 걸음을 멈춘 것뿐이다.
"무슨 그런 섭섭한 말을 하……, 헙!"
분명 농이 깃든 말이었지만 표정은 전혀 그렇지 않았다. 하지만 걸왕은 말도 채 끝맺지도 못하고 공력을 끌어올려야 했다. 허진이 단숨에 거리를 좁히며 걸왕의 목을 노린 것이다.
걸왕은 아찔함을 느끼며 서둘러 일장을 내질렀다.
퍼벙!
허진의 수도와 걸왕의 장(掌) 사이에서 공기가 폭죽처럼 터졌다.
찌지지직—
서둘러 허진의 공격을 맞받아쳤지만 역부족이었는지, 그 힘에 몸이 뒤로 주르르 밀려났다. 걸왕이 서 있던 바닥에는 허름한 신발 밑창이 갈리며 두 줄기의 긴 선이 그려졌다.
"흥!"
허진은 그런 걸왕의 모습에 차갑게 코웃음을 치며 다시 걸왕을 향해 몸을 튕겼다.

"자, 잠깐!"

걸왕은 허둥지둥 땅바닥에 몸을 구르며 소리쳤다. 하지만 허진은 맹렬히 걸왕의 요혈을 노리며 공격해 들어갔다. 허진의 냉혹한 모습으로 보아 둘 중 한 명이 죽지 않는 이상 손을 멈추지 않을 것 같았다.

그렇다고 허진이 지치기를 기다릴 수도 없었다.

다급해진 걸왕은 몸을 일으키며 눈동자를 분주하게 움직였다.

그가 지치기 전에 자신의 목이 날아갈 판이다.

어떻게 해서든 허진의 손을 멈추게 만들어야 했다. 그런 걸왕의 눈에 학성이 들어왔다.

'옳지!'

걸왕은 재빨리 몸을 날려 학성 뒤로 뛰어 들어갔다. 그리고는 학성의 뒷덜미를 잡아 허진 앞으로 내밀며 소리쳤다.

"이놈을 죽이면 마현 그놈과 의절하게 될 걸!"

허진은 파리한 얼굴로 사색이 된 학성을 보며 손을 딱 멈췄다.

걸왕의 입에서 마현이 나온 까닭이다.

"허튼소리면 이 땅에서 거지란 거지는 모조리 도륙당할 것이다."

"거참, 말 한 번 서늘하게 하네."

걸왕은 여전히 농을 섞어 말했지만 표정은 전보다 더 굳어졌다. 입이 무거운 만큼 뱉은 말은 반드시 실행하는 허진의 평소 성정을 익히 알고 있기 때문이다. 게다가 지금 그의 눈동자에서 뿜어져 나오는 기세로 보아 절대로 허언이 아니었다.

'어거 정말 체면이 말이 아니군.'

허진의 공격을 제대로 막아내지도 못하고 결국 학성을 이용한 꼴이 되어 버렸다.

걸왕은 입맛이 썼지만, 어쨌든 지금의 이 사태는 자신의 선에서 해결해야 할 필요성을 절감했다. 그렇지 않으면 장차 엄청난 피바람이 몰아칠 거라는 예견에 마른침을 꿀꺽 삼켰다.

"크흠!"

걸왕은 애써 헛기침을 내뱉으며 굳어진 표정을 풀려고 했다. 하지만 뜻대로 되지 않자 자신의 손에 뒷덜미가 잡힌 채 목각인형처럼 굳은 학성의 뒤통수를 한 대 후려쳤다.

"왜 아직까지 벌벌 떨고 있어? 가서 인사 잘해라. 네놈의 입에 수많은 목숨이 달려 있으니."

걸왕은 턱으로 귀갑철마대에 둘러싸인 속칭검문 무인들을 가리켰다.

허진은 걸왕의 손에 떠밀려 자신 앞으로 다가선 학성을 쳐다보았다. 자신의 기세에 눌려 몸을 바르르 떨고 있었지만 그 눈빛은 죽지 않고 살아 있었다.

허진은 그런 학성을 향해 기세를 집중시켰다.

어지간한 무림인들은 그 기세를 이기지 못하고 시선을 돌릴 정도인데 학성은 몸을 바르르 떨면서도 끝까지 시선을 피하지 않았다. 그리고 눈빛 역시 여전히 살아 있었다.

'흠……'

허진은 마음속으로 침음성을 삼키며 무당파에 대한 기억을 더듬었다.

'무당파라……'

잊혀진 기억 하나가 떠올랐다.

마현의 어릴 적 동무이자 무당파로 떠난 한 아이에 대한 단편적인 기억이 바로 그것이었다.

"학성이 허 사부님을 뵈옵니다."

학성은 최대한 예를 갖추며 허리를 숙였다.

"청명진인의 제자더냐?"

"그러하옵니다."

허진은 고개를 살짝 들어 학성을 내려다보았다.

"과거의 인연은 과거의 것. 그 이유로 나의 걸음을 멈추게 할 수 없다."

"그렇지만은 않을 것이오, 허 부교주."

걸왕이 허진과 학성 사이에 끼어들었다.

"마현, 그놈을 보겠다고 무당파를 무단으로 가출했거든. 낄낄낄."

허진의 기세가 조금 누그러지자 걸왕은 특유의 웃음소리를 내뱉었다.

"서둘러라!"

"마교 놈들이다!"

그때 대로 끝에서 신도방의 무인들이 우르르 달려오고 있었다.

"빨리도 온다, 크흠!"

걸왕은 저 멀리 달려오는 정파 무인들을 보며 마뜩찮은 헛기침을 내뱉었다.

*   *   *

노을이 지며 서서히 어둠이 깔리는 초저녁, 설관악과 마현이 마주하고 앉아 있었다. 탁자 위에 술상이 푸짐하게 차려졌지만 좀처럼 어색함이 가시질 않았다.

가까이 마주하고 살펴본 마현의 기도는 생각 이상이었다.

예상했던 대로 마현은 만년설삼의 기운을 모조리 흡수한 듯 보였다.

'그만큼 그릇이 크다는 뜻인가?'

설관악은 마현에게서 자연스레 피어나는 기운을 보며 가볍게 고개를 끄덕였다.

자신의 위치쯤 되면 만년설삼과도 같은 영약을 9할 정도는 완벽하게 흡수할 수 있었다. 하지만 그의 위치에서는 굳이 영약을 흡수할 까닭이 없었다. 영약을 먹어봐야 얻어지는 건 좀 더 많은 양의 내력이 전부이니 말이다.

영약에 의존해 한 단계 상승을 꿈꾸는 이들은 설관악의 관점에선 하수였다.

그런 하수들이 최대한 기운을 흡수하기 위해 북해빙궁의 빙옥단이나 소림사의 대환단 같은 영단이 필요한 것이다. 그렇게 영단에 의존하고도 7, 8할 정도 영약의 순수 기운을 흡수하면 성공이라고 할 정도다.

그런데 지금 눈앞에 있는 마현은 만년설삼의 기운을 대부분 흡수한 것 같았다.

감탄이 거듭될수록 설관악의 눈동자에 담긴 못마땅함이 더욱 짙어졌다.

마현 역시 그런 설관악의 시선을 느꼈다.

무슨 연유인지는 모르나 자신을 싫어하는 눈빛이 둔한 사람도 알아차릴 정도로 너무 노골적인지라 선뜻 입을 열 수가 없었다. 그러니 자연스레 둘 사이의 분위기는 더욱 서먹해지고 적막감만 짙어질 뿐이었다.

"마침 좋은 술이 있어 사왔습니다."

그래도 받은 은혜가 있어 마현이 먼저 입을 열었다. 마침 오늘 낮에 북해빙궁 저잣거리에서 산 술이 생각난 것이다.

마현이 탁자 위에 올려놓은 술병을 보자 좀처럼 감정을 드러내지 않던 설관악의 얼굴이 와락 일그러졌다.

"크흠. 본인이 차린 술상이 마음에 들지 않는 겐가?"

불편한 마음이 고스란히 담겨서인지 목소리도 곱지 않았다. 말 한 마디 한 마디가 가시처럼 뾰족하게 돋아나 있었다.

마현은 굳어지는 표정을 애써 풀며 술병을 좀 더 설관악 앞으로 내밀었다.

"그럴 리가 있겠습니까? 다만 받은 은혜가 있어 조금이라도 보답하고자 하는 성의로 봐주십시오."

"끝까지 본인을 우롱하려는 것인가?"

하나가 미우면 모든 것이 밉게 보이는 법.

설관악의 눈에 마현의 모든 것이 마음에 안 들었다.

결국 마현은 더 이상 참지 못했다.

"이러자고 저를 보고자 하신 겁니까?"

마현의 얼굴에 불쾌함이 드러났다. 마현의 성격으로 보아 상당히 참았지만 결국 그 한계를 넘어선 것이다. 당연히 설관악의 표정이 일그러졌고, 둘 사이에 냉랭한 눈빛이 서로 맞부딪혔다.

"더 이상 하실 말씀이 없다면 일어나겠습니다."

마현은 설관악의 대답도 듣지 않고 그냥 자리에서 일어나 몸을 돌렸다.

성큼성큼 방을 빠져나가는 마현의 뒷모습에 눈물짓는 설린의 얼굴이 아른거렸다.

"휴우."

결국 설관악은 시름 어린 한숨을 푹 내쉬었다.

"서게나."

설관악은 다시 한 번 자식 이기는 부모가 없다는 말을 실감했다. 설관악의 그런 마음이 통했을까.

마현이 걸음을 멈추고 돌아섰다.

"다시 앉게나."

마음이 한풀 꺾인 듯 목소리가 전과 달리 가시가 박혀 있지 않았다. 하지만 씁쓸하기 그지없는 음성이었다.

좀처럼 이해할 수 없는 그런 설관악의 변덕에 마현은 잠시 고민하다 탁자로 되돌아와 앉았다. 어찌되었든 받은 것이 그만큼 큰 탓이다.

"좋은 술이라……."

설관악은 실소를 지으며 마현이 꺼낸 술병을 집어 들었다.

"이왕지사 가져왔으니 함께 마시도록 하세."

설관악은 밀랍으로 봉인된 술병을 땄다.

뽕 하는 소리와 함께 그윽한 주향이 사방으로 퍼졌다. 그 향만으로도 설관악은 마현이 가져온 술이 얼마나 귀한 것인지 알 수 있었다. 평소라면 명주에 흥이 동할 법도 하건만 마음이 착잡한 설관악에게 그런 여유는 없었다.

"한 잔 받지."

도대체 설관악의 의도를 알 수 없었지만 마현은 설관악의 얼굴과 목소리에서 묻어난 씁쓸함에 고개를 갸웃거리며 술잔을 들었다. 설관악은 그런 마현의 잔에 술을 따른 후 자신의 잔도 채웠다.

 말없이 술 몇 순배가 돌았다.

 술이 독해서인지, 아니면 심란한 마음이 그를 취하게 만든 것인지 설관악의 모습은 조금 흐트러져 있었다.

 "그래, 몸은 어떤가?"

 마현이 가져온 술병이 거의 바닥이 날 때쯤 설관악이 취기가 살짝 오른 목소리로 입을 뗐다.

 "과한 선물을 받은 것 같습니다."

 "후후, 과하긴 과했지."

 자조 섞인 실소 뒤에 누구에게 하는 것인지 종잡을 수 없는 말이 흘러나왔다.

 목소리의 어투를 보면 마현을 비꼬는 것은 분명 아니었다. 하지만 묘하게 거슬리는 것은 사실이었다.

 "자네가 취한 것이 어떤 만년설삼인지 아는가?"

 설관악은 마현의 얼굴을 직시하며 술잔에 담긴 술을 한 번에 털어 넣었다. 그리고 술잔을 내려놓을 때도 마현의 얼굴을 쳐다보고 있었다.

 마현은 설관악의 눈동자와 목소리에서 불안정한 감정의 변화를 느꼈기에 조용히 듣기만 했다.

 "북해에 빙옥단이라는 것이 있지. 아는가?"

 "자세히는 모르지만 대략적인 것은 알고 있습니다."

마현은 일단 설관악의 말에 맞장구를 쳐주었다.

"만년설삼은 그걸 만들기 위해 없어선 안 될 주재료였지. 백 년에 하나 나올까 말까 할 정도로 희귀한……. 그런 만년설삼이 이제 사라졌으니 또 언제 빙옥단이 제조가 될지……."

설관악은 다시 술을 홀짝거렸다.

"그거야 어찌되든 좋네."

설관악은 술잔을 내려놓으며 다시 마현을 쳐다보았다.

"만년설삼을 자네에게 내주는 조건으로 설린, 그 아이가 소궁주 자리를 내놓기로 했네. 그 사실이 조만간 공표될 걸세."

마현의 얼굴이 경직되었다.

"그래서 나는 자네를 용서할 수 없네."

설관악은 이내 머리를 좌우로 흔들었다.

"아니, 지금도 자네를 어떻게 하면 용서를 해줄 수 있을 지 고민 중이네."

'이유가 저것이었나?'

술 취한 얼굴로 앉아서 앞뒤가 전혀 맞지 않는 말들을 내뱉는 그 모습은 북해의 절대자라는 직위에 어울리지 않았다. 하지만 왠지 그런 모습이 인간적이라고 느껴졌다. 그렇기에 마현의 마음은 더욱 불편해졌다.

"마 공자."

설관악은 흐트러졌던 몸을 다시 바로잡았다.

"우리 린이를 어떻게 생각하는가?"

그 질문에 마현의 마음이 한순간 흔들렸다. 그로 인해 자신에게 화가 치밀어 올랐다.

'복수의 길을 걷지도 못한 상황이거늘, 고작 여인으로 흔들린단 말인가?'

"아니 질문을 잘못했군."

그러는 사이 설관악은 고개를 미약하게 흔들며 들으라는 듯 중얼거렸다. 그리곤 다시 한 번 마현의 얼굴을 직시했다.

"린이를 책임지게."

설관악의 눈동자에서 무형의 기운이 뿜어져 나왔다. 거부를 용납하지 않겠다는 압박이었다.

마현의 갈등은 오래가지 않았다.

마음을 흔드는 여린 감정을 다시금 냉정하게 칼로 쳐냈다.

"저는……."

마현은 설관악의 압박 속에서 입을 벌렸다.

"아가씨, 이거."

한한파파는 음식이 담긴 쟁반을 설린에게 건넨 후 그녀의 등을 떠밀었다.

"파파……."

그렇게 설린은 한한파파의 손에 타의 반, 자의 반으로 궁주실 앞까지 오고 말았다. 술상을 살피기 위해 시녀들이 분주하게 다니는 터라 궁주실 문이 열려 있었다.

문 가까이 다가가자 설관악과 마현이 앉아 있는 모습이 살짝 보였다. 그 둘이 마주 앉아 있는 모습을 본 설린의 심장이 갑자기 쿵쿵쿵 뛰기 시작했다. 쟁반을 잡은 손바닥이 금세 땀으로 흥건해졌다.

"아가씨."

머뭇거리는 설린 뒤로 한한파파가 다가와 속삭이듯 불렀다. 부드럽게 살짝 웃음을 머금은 한한파파의 얼굴이 보였다. 오늘따라 설린은 그런 한한파파의 웃음기가 밉기도 하고, 약도 올랐다.

한한파파는 설린의 어깨를 손으로 잠시 감싸더니 다시 궁주실 안으로 부드럽게 밀었다.

그렇게 궁주실 안으로 들어온 설린은 잠시 눈을 감고 크게 숨을 들이마셨다. 그렇게 애써 마음을 진정시킨 후 설관악과 마현이 마주한 탁자로 걸음을 내딛었다.

하지만 채 두 걸음도 내딛기 전에 흠칫 몸이 굳었다.

다름 아닌 설관악의 목소리가 그녀의 걸음을 멈추게 만든 것이다.

"우리 린이를 어떻게 생각하는가? 아니 질문을 잘못했군. 린이를 책임지게."

가까스로 진정시킨 심장이 다시 쿵쿵쿵 뛰기 시작했다.

"저는……."

그리고 얼마 후, 마현의 목소리가 들렸다.

쿵쿵거리던 심장이 쿵쾅쿵쾅 더욱 거세졌다.

그 심장 소리가 커질수록 설린은 두려웠다.

'마 공자가 만약…… 나를 거부하면 어쩌지?'

왠지 그럴 것 같았다. 여자는 여자 특유의 직감이라는 것이 있었다. 마현의 입에서 자신이 싫다는 목소리를 듣는 순간 설린은 자신의 감정이 와르르 무너질 것 같다는 생각이 들었다.

"아버지!"

그런 직감 때문일까. 설린은 급한 마음에 서둘러 설관악을 불렀다. 그렇다 보니 제법 목소리가 차갑고 컸다.

그녀의 갑작스러운 등장 때문인지 설관악과 마현, 둘 다 흠칫 놀란 표정을 지었다.

설린은 눈에 띄지 않게 숨을 길게 들이마시며 마음을 다스린 후 탁자 앞으로 걸어갔다.

다소곳하면서도 경쾌한 손놀림으로 들고 온 쟁반을 탁자 위에 올려놓았다.

쟁반에 담긴 접시들을 탁자 위로 옮기며 설린은 자연스레 마현과 눈이 마주쳤다. 잔잔한 수면 위로 던져진 돌멩이가 파장을 일으키듯 그녀의 마음이 순간 찰랑 흔들렸다.

하지만 그녀는 외면의 모습보다 내면이 더 강했다. 보통의 여인이라면 평정심을 잃고 당황하련만, 지금 그녀는 충분히 자신의 감정을 다스릴 수 있었다.

"아버지."

설린은 쟁반을 들고 뒤로 한 걸음 물러나며 다시 설관악을 불렀다.

"제 일은 제가 알아서 할게요."

그녀는 작은 목소리로 말했지만 설관악에게 그 의지가 분명히 전달됐다.

"린아……."

"소녀는 아버지와 어머니의 딸이에요."

설린은 설관악의 대답을 듣지 않고 마현에게로 고개를 돌렸다.

"제가 대신 사과드릴게요."

"아, 아니오."

"그럼 즐거운 시간 나누세요."

설린은 가볍게 마현에게 인사를 건넨 후 궁주실을 빠져나갔다.

내내 담담한 얼굴을 하고 있던 설린은 궁주실을 빠져나가자마자 다리에 힘이 풀린 듯 휘청거렸다. 밖에서 그 모든 것을 훔쳐보았던 한한파파가 재빨리 다가가 그녀를 부축했다.

"……아가씨."

"파파, 나 잘한 것일까?"

자신의 품에서 한없이 작아지는 설린을 보자 한한파파는 마음이 측은해졌다.

"그냥 차라리 듣는 게 좋았을까?"

한한파파는 대답 대신 따뜻한 손으로 등을 문질러 주었다.
"일단 쉬어요."
"그래……."
힘없이 대답하며 설린은 한한파파의 품에 얼굴을 깊숙이 파묻었다.

북해의 밤바람은 취기마저 그대로 날려 버릴 정도로 차갑고 매서웠다. 마현은 궁주실에서 나와 자신에게 내어준 별채로 향하던 중 발걸음을 잠시 멈췄다.
담과 전각 사이, 그 너머로 보이는 한 건물 때문이었다.
그곳은 백화소궁(白花小宮), 바로 설린의 거처였다.
어스름한 어둠 속에 서 있는 전각, 창을 통해 희미하지만 불빛이 새어나왔다. 마현은 저도 모르게 그녀의 방쯤으로 짐작되는 창문을 향해 몇 걸음 다가갔다.
그리고 한참을 미동조차 하지 않은 채 그곳을 바라보았다. 불이 꺼진 다음에도……, 마현은 오랜 시간 그 전각을 올려다보았다.

이합집산

제갈묘의 주도로 무림맹 내 개편이 시작되었다.

그로 인해 검림주 진필성이 무림맹주에 추대되었고, 제갈묘는 맹주에 의해 곧 무림맹 군사로 임명되었다.

또한 검림의 좌검, 우검 호법은 무림맹 양대 호법으로, 그리고 백여 명의 검림 소속 무인들은 검림단으로 한 단계 격하되는 대신 무림맹주의 직속 무력단체로 편입되었다.

비록 제갈묘의 주도로 이루어졌다고는 하지만, 그것은 오파일방과 육대세가 모두가 뜻을 숨긴 채 겉으로는 바라는 일이었기에, 일사천리로 마무리가 되었다.

탁.

제갈묘는 품에서 무림맹주를 상징하는 창천패를 꺼내 탁자 위에 올려놓았다.

"맹주."

진필성은 맹주라는 호칭에 흡족한 미소를 지으며 창천패를 얼굴 위로 집어 들었다. 이것으로 진필성은 재임기한이 정해지지 않아 반영구적이라 할 수 있는 맹주 자리에 오른 것이다.

"감축 드립니다."

진필성은 엄지손가락으로 창천패를 매만지다가 품에 넣었다.

"이게 다 제갈 군사의 도움이 아니겠습니까?"

"어느 정도 일이 마무리되었습니다. 하여……."

제갈묘는 살짝 뜸을 들였다.

"그렇게 망설이지 않으셔도 됩니다. 신기수사께서는 이 무림맹의 군사이시며, 저의 든든한 후원자가 아니십니까?"

진필성은 제갈묘를 한껏 띄워 주었다.

비록 서로의 이익이 맞물려 공생하는 관계로 둘의 만남이 시작되었지만, 이처럼 신뢰 어린 말을 건네니 제갈묘는 기분이 좋아졌다. 의례적인 말일지라도 칭찬을 싫어하는 사람은 없는 법이다.

"이제 무림맹은 과거 무림맹과 다릅니다. 그러니 언제까지 화산파에서 머물 수도 없는 노릇입니다."

"안 그래도 본인 역시 그 점을 생각하고 있었소."

"혹 생각해 두신 바가 있습니까?"

"군사, 이 기회에 무림성을 짓는 것은 어떻게 생각하시오?"

진필성의 말에 제갈묘는 고개를 끄덕이면서도 뭔가 수긍하기 힘들다는 표정을 지어 보였다.

왜냐하면 제갈묘 역시 그 부분에 대해 생각해 보지 않은 것은 아니었다. 아니 진필성과 처음 손을 잡는 날부터 생각하고 있었다.

물론 지금 진필성의 말처럼 무림성을 짓는 것이 최고이기는 하겠지만 현실적으로는 사실상 실현 불가능한 일이었다. 시간도 문제지만 가장 큰 걸림돌은 바로 돈이었다.

그동안 맹주는 각 문파에서 선출했기에 맹주의 거주처가 그리 문제가 되진 않았다. 하지만 진필성은 다르다.

비록 검림이라는 문파에 적을 두고 있다지만, 정파를 대표하는 단체의 수장이 그런 작은 문파에 머물 수는 없는 일이다.

그런 문제를 해결하려면 새로운 곳이 필요했다. 하지만 한 성을 짓고자 한다면 거기에는 천문학적인 돈이 들어간다.

그걸 충당할 방법이 사실상 없는 것이다. 그렇다고 해서 진필성이 오파일방이나 육대세가 중 어느 한 곳에 머무는 것 역시 좋은 일이 아니었다.

진필성은 그런 제갈묘의 고민을 단숨에 알아차렸다. 아니 진작부터 짐작하고 있었다는 것이 맞을 것이다.

"무림성을 짓는 것도 그렇고, 이제 달라진 무림맹을 운영하려면 돈이 많이 부족하지요?"

"그런 면이 없지 않습니다."

제갈묘는 쓴웃음을 머금으며 고개를 끄덕였다. 재정 상태는 감추려야 감출 수 없는 부분이기에 제갈묘의 웃음이 더욱 쓴지도 몰랐다.

"그래서 본 맹주가 군사께 도움을 드리고자 하는데……."

은근한 진필성의 목소리에 제갈묘의 눈빛이 반짝였다.

앞으로 무림맹을 이끌려면 자금은 반드시 필요하다. 하지만 아직까지 진필성을 온전히 믿을 수 없었기에 기대감과 의심이 뒤섞인 그런 눈빛이었다.

"일단 제가 소개해 주는 분을 만나본 후에 판단하셔도 무방할 것입니다."

"그리하겠습니다."

제갈묘가 받아들이자 진필성은 바로 우검 호법을 향해 말했다.

"드시라 하게."

잠시 후 한 중년인이 방으로 들어왔다.

"그간 너무 격조하셨습니다. 이십여 년 동안 은공을 뵙기 위해 그리 발품을 팔았거늘 이제야 연락을 주시다니요. 이 금모, 정말 서운하기 이를 데 없습니다."

그는 안으로 들어서자마자 뭐가 그리 할 말이 많은지 연신 말을 쏟아냈다.

"허허허."

그런 중년인의 수다를 진필성은 부드러운 웃음으로 묵묵히 들어줄 뿐이었다.

"먼발치에서나마 금 대인이 하시는 일들을 보고 있었습니다."

진필성의 말에 중년인의 눈초리가 가늘어졌다. 그렇게 자신의 소식을 듣고 있었으면서 왜 찾지 않았느냐는 원망의 눈초리였다. 하지만 이내 얼굴을 활짝 펴며 웃었다.

"그래도 이 금 모가 죽기 전에 은공의 은혜를 갚을 수 있어 정말로 다행입니다."

"제가 이번에 무림맹 맹주에 오르게 되었습니다."

"들었습니다. 안 그래도 그 소식을 듣고 제가 얼마나 놀라고 기뻐했는지 모르실 겁니다."

"제가 이렇게 금 대인을 모신 이유는 한 분을 소개시켜 드리고자 함입니다."

진필성은 제갈묘를 향해 고개를 돌렸다.

제갈묘를 쳐다보던 중년인의 눈빛이 상당히 깐깐하게 변했다. 조금 전 진필성을 호들갑스럽게 대할 때하곤 사뭇 다르게 진중한 표정이었다.

"구금상단(九金商團)의 금대치이외다."

신비문의 주인인 진필성이 아는 자가 누굴까 연신 궁금해 하던 제갈묘는 그의 이름을 듣는 순간 저도 모르게 입이 쩍 벌어졌다. 그나마 다행인 것은 헛바람을 크게 터트리지 않았다는 것이다.

금대치는 제갈묘가 이처럼 놀랄 만한 인물이었다.

중원에서 구금상단이 가진 힘은 실로 어마어마하다. 중원을 오가는 돈의 절반이 그 상단을 통해 유통된다고 할 정도이니, 구금상단의 재산이 얼마나 되는지는 상상조차 하기 힘들 정도였다.

금대치는 이제껏 이름만 알려지고 모든 것이 장막에 가려진 바로 그 구금상단의 주인이었던 것이다.

"제갈세가의 제갈묘요."

"신기수사? 이 금 모가 무림과 인연이 없어 이제껏 제갈 가주의 쟁쟁한 위명만 들었는데 오늘 개안했습니다, 그려. 하하하하."

"……과찬이시오."

제갈묘의 대답은 멋쩍은 듯 자연스럽지 못했다.

누구라도 무림인 앞이라면 몸을 움츠릴 법도 하건만 금대치는 당당했다. 제갈묘는 어찌된 일인지 자신이 금대치 앞에서 움츠러드는 것에 놀라고 있었다.

과연 천하의 돈을 움켜잡은 이는 역시 뭔가 다른 모양이었다. 제갈묘는 그 사실을 깨닫는 순간 창피함을 넘어 참담함까지 느끼고 있었다.

"과거의 작은 도움을 앞세워 이 진 모가 금 대인께 손을 조금 내밀어볼까 하고 염치불구 모셨습니다."

"작은 도움이라니요……, 이 금 모가 오늘날 이만큼 성공할 수 있게 된 것이 다 맹주 때문입니다."

"허허, 그 말씀은 너무 과합니다."

"아닙니다. 이 질긴 목숨을 다 부지할 수 있는 것도 다 맹주 덕분입니다."

제갈묘는 둘의 대화에서 대략적으로 그들의 관계를 짐작할 수 있었다.

"그럼 염치불구하고 손을 내밀겠습니다."

"전 재산을 내놓으라고 해도 이 금 모는 기뻐하며 기꺼이 내드리겠습니다."

금대치의 말에 진필성은 자리에서 일어나 그 앞에 엎드리려 했다.

"아이구, 은공."

그러자 금대치가 당황하며 황급히 진필성의 몸을 붙잡았다. 금대치는 억지로 진필성을 일으켜 다시 자리에 앉혔다.

"이 금 모가 뭘 하면 되겠습니까?"

진필성은 못 이기는 척 자리에 앉으며 제갈묘를 쳐다봤다.

"모든 것은 여기 계신 제갈 군사와 논의를 하시면 됩니다."

"제갈 군사와요?"

"……?"

그 말에 금대치도 놀랐지만 그보다 더 놀란 것은 제갈묘였다.

"제갈 군사와 저는 이제 한 몸이나 마찬가지입니다. 제갈 군사를 대하실 때 저라고 생각하시고 대해 주시면 고맙겠습니다."

"알겠습니다."

금대치는 자리에서 일어나 제갈묘를 향해 좀 전과 달리 공손히 예를 갖춰 다시 포권을 취했다.

"그리고 제갈 군사."

진필성은 제갈묘를 불렀다.

"예, 맹주."

"무림성을 새로 짓는 것을 공표할 때뿐만 아니라 그와 관련된 모든 것을 행하실 때 제갈 군사의 이름으로 해주시오."

"어, 어찌?"

제갈묘는 진필성의 말에 깜짝 놀랐다.

만약 진필성이 직접 움직인다면 무림맹을 단숨에 휘어잡을 수 있을 만큼 금대치는 강력한 패였기 때문이다.

"본 맹주를 믿고 같은 배에 타주신 것에 대한 선물이라고 생각하시면 되오."

"매, 맹주."

진필성의 말에 감동을 받았는지 제갈묘의 음성이 떨렸다.

이전과 달리 불신의 기미는 더 이상 보이지 않았다.

지금 눈앞에 있는 금대치의 재력이라면 무림맹에서의 입지는 둘째 치고 제갈세가를 천하제일의 무가로 만들고도 남을 테니까.

"앞으로 잘 부탁드리오, 제갈 군사."

"저야말로 앞으로 잘 부탁드립니다."

금대치를 따라 허리를 숙이느라 제갈묘는 보지 못했지만 진필성의 눈동자에서 찰나지만 황금빛 기운이 맴돌다가 사라졌다.

* * *

크고 화려한 방이었다. 그 중앙에는 거대한 원형 탁자를 중심으로 네 명의 인물이 앉아 있었다.

바로 허진과 학성, 학방, 그리고 걸왕이었다.

"우적우적 쩝쩝쩝. 우적우적, 후릅—, 꿀꺽!"

탁자 위에 차려진 음식들을 걸왕은 정말로 맛있게 먹고 있었다.

파리한 안색으로 게걸스럽게 음식을 탐하고 있는 걸왕을 보던 학방이 조심스럽게 허진을 향해 눈동자를 돌렸다. 허진은 팔짱을 낀 채 시선을 살짝 아래로 내려 걸왕을 보고 있었다.

'넉살이 좋으신 건지 아니면 얼굴이 두꺼우신 건지……'

학방은 고개를 절레절레 저으며 손가락까지 쪽쪽 빨며 넉살 좋게 먹고 있는 걸왕을 보며 혀를 내둘렀다.

이곳은 다름 아닌 마교의 사천총타였다.

걸왕의 입장에서 보면 한 마디로 적의 소굴 한복판에 있는 것이다. 그런데 그의 행동은 마치 자기 집 안방에 있는 듯 거침이 없다.

결국 허진마저 고개를 절레절레 저으며 시선을 돌려 맞은편에 앉아 있는 학성을 쳐다보았다. 조금 긴장한 듯 경직된 모습이었지만 처음 보았을 때처럼 눈빛은 강직하게 살아 있었다.

"청명진인의 제자라고?"

"그렇습니다."

"도명이 학성이고?"

"예."

"출가 전 이름은……?"

"손정이었습니다, 허 사부님."

학성의 대답에 허진의 눈이 살짝 감겼다. 마치 그 말을 음미하는 듯했다.

"허 사부님이라……."

다시 눈을 뜬 허진은 한참 동안 학성의 눈을 직시하다가 고개를 돌렸다. 그때 자연스레 그 옆에 앉아 있는 학방과 눈이 마주쳤다.

"하, 학방입니다."

당황하며 대답하는 학방을 보며 허진은 눈을 가늘게 뜨고 건조한 목소리로 물었다.

"그래서?"

"예, 예?"

허진의 말에 학방은 당황한 기색이 역력했다.

"본좌가 너의 이름을 물었나?"

"……."

"본좌가 묻기 전에 먼저 대답하지 마라."

탁!

그때 걸왕이 물잔을 탁자 위로 제법 거칠게 내려놓았다.

"거참, 팍팍하게 굴기는."

허진의 미간이 좁아졌다.

"꺼억!"

걸왕은 우렁찬 트림을 내뱉고는 능글맞게 누런 이를 드러내며 히죽 웃었다.

"거어 참, 자알 먹었다."

허진의 시선에는 아랑곳하지 않고 걸왕은 까맣게 때가 낀 새끼손톱으로 아빨 사이를 쑤셨다.

"걸왕. 더 이상 본좌의 심기를 거스르지 마시오. 그대는 본좌의 선배가 아니오."

"마현 그놈의 팍팍한 성격이 누굴 닮았나 했더니 바로 허 부교주를 빼다 박았군. 그 스승의 그 제자야, 낄낄낄."

허진의 눈빛은 더욱 차가워졌고, 걸왕의 능글맞은 웃음은 더욱 짙어졌다.

그 둘로 인해 탁자 위에는 찬바람이 불었다.

"걸왕님, 그리고 허 사부님. 지금 이럴 때가 아니라 생각합니다."

학성이 그 둘 사이에 끼어들었다.

"낄낄낄, 꽤 당돌하지 않소?"

허진은 여전히 걸왕의 목소리가 거슬리는지 눈가에 주름을 만들며 학성에게로 시선을 돌렸다.

"왜 본좌를 찾아왔지?"

"허 사부님을 만나려고 했던 것은……."

'허 사부'라는 호칭이 다시 나오자 허진의 미간이 더욱 좁아졌다. 눈매 또한 가늘어졌다.

"허 사부님이라고 제가 부르는 게 마음에 들지 않으십니까?"

그 모습에 학성은 하던 말을 잠시 끊으며 조심스럽게 물었다.

허진은 아래를 내려다보는 듯한 시선으로 학성을 한참이나 바라보았다. 마현과 성정은 다르지만 분명 강한 아이였다.

'무당파 제자의 사부라…….'

어색했다. 하지만 그뿐이다.

"허(許) 한다."

이 방으로 오기 전 호태악을 통해 학성에 대한 것을 조금 알아봤다. 그리고 현재 정파 무림, 즉 무림맹에서 학성은 무당파에 감금되어 있는 것으로 알려져 있었다.

제자 마현을 위해 모든 것을 뿌리치고 나온 아이다 보니 정파라는 것만 빼면 꽤나 마음에 들었다.

"감사합니다, 허 사부님."

학성의 입가에 소중한 것을 얻은 아이처럼 환한 미소가 지어졌다.

"얼씨구."

그 모습에 걸왕이 괜한 심술을 부렸다.

앞뒤 사정을 모르는 바는 아니지만 뼛속까지 정파인인 걸왕의 눈에 그 둘의 모습이 곱게 보일 리 만무한 까닭이다.

"그래 본좌를 찾아온 연유가 무엇이지?"

"현이를 만나고자 합니다."

공손하게 대답하는 학성의 말에 허진의 눈빛이 반짝였다. 허진은 재빨리 걸왕을 쳐다보았다.

"현이를 만나기 위해 본좌를 찾아왔다?"

"허 사부님을 만나 뵈리라고는 생각지 못했습니다. 다만 사천에서 현이 소식을 알아본 후 정 안 되면 마교로 갈 생각이었습니다."

"흠……."

허진은 나직한 침음성을 삼켰다.

율 군사의 말과 달랐기 때문이다.

뭔가 이상했다.

학성과 학방이야 그렇다고 쳐도 걸왕은 개방의 전대 방주다. 그와 동행하여 자신을 찾아왔다는 소리는 결국 마현이 어디에 있는지 개방조차 파악하지 못하고 있다는 뜻이다. 그리고 그건 곧 무림맹 역시 파악하지 못하고 있다는 뜻이고.

헌데 율기의 보고에 따르면 마현이 소화산 인근에 갇혀 고군분투(孤軍奮鬪)하고 있다고 했다.

그나마 다행인 것은 모처에 몸을 숨겨 아직까지 특별한 사단은 일어나지 않았다고 했다.

마현의 위치를 알아내는 즉시 사천 총타로 연락을 취하겠다는 것이 율기의 전언이었다.

'그렇다면 율 군사의 정보가 잘못된 것인가?'

허진은 한층 깊어진 눈으로 학성을 바라보았다.

"무림맹에서 있었던 일은 좀 더 세세히 말해줄 수 있나?"

"그건 저보다 걸왕님께 말씀을 듣는 것이 더 좋을 듯싶습니다."

학성은 일이 터진 직후 무당파 수련동에 갇혀 있었기에 사실 아는 게 거의 없었다. 물론 이곳으로 오며 마현에 대해 듣기는 했지만, 모두가 제삼자를 통해 들은 것뿐이다.

"말해 주시오."

허진은 즉시 걸왕에게 요구했다.

지금은 뒷전으로 물러났다고는 하지만 걸왕은 한평생 무림에서 온갖 풍파를 겪은 노장이었다. 허진의 눈동자 깊숙한 곳에서 반짝이는 그 무엇을 분명 보았다.

"낄낄낄."

걸왕은 조금 전과 별반 다름없이 헤픈 웃음을 내뱉었지만, 그의 눈동자는 자못 심각했다.

"허 부교주, 나랑 독대 좀 할 수 있겠소?"

걸왕은 학성과 학방을 흘깃 쳐다보며 말했다.

"나를 따라오시오."

허진 역시 걸왕의 표정에서 자신이 알지 못하는 그 무엇이 있음을 간파했다. 허진은 걸왕을 데리고 방에 붙어 있는 밀실로 향했다.

자그만 밀실에 그 둘이 마주하고 앉자 더욱 어색했다.

"이거 살다 보니 마교 부교주와 이런 고민을 나눌 줄 몰랐군. 에잉, 빌어먹을 말코도사 놈."

걸왕은 현도상인이 떠오르자 허공에다 대고 욕지거리를 퍼부었다.

허진은 그런 걸왕을 조용히 쳐다볼 뿐이었다.

"낄낄낄."

걸왕은 그런 허진을 보며 다시 농이 짙은 웃음을 터트렸다. 하지만 그의 눈은 여전히 웃고 있지 않았다.

눈꺼풀 사이로 살짝 드러난 걸왕의 눈동자에서 갈등 어린 감정이 맴돌았다.

"현이 놈의 스승이니 믿을 만하다 여기지만, 내 한 번 물어보리다. 허 부교주, 내 그대를 믿어도 되겠소이까?"

좀처럼 볼 수 없는 진지한 표정이었다.
그 모습에 허진은 실소를 터트렸다.
"걸왕은 본좌를 믿을 수 있소?"
허진은 걸왕의 질문을 고스란히 되돌려주며 반문했다.
"낄낄낄."
걸왕은 언뜻 보이는 허진의 차가운 미소를 보며 그 특유의 웃음소리를 내뱉었다. 그렇게 둘은 한참을 서로의 눈을 마주 보았다.

* * *

"후후후."
진필성은 우검 호법이 내민 작은 전서를 내려다보며 크게 터지려는 웃음을 애써 진정시키고 있었다.
"허진이 소화산으로 길을 떠났다?"
"그렇습니다, 맹주님."
우검 호법의 대답을 들으며 진필성은 다시 전서로 눈을 돌렸다.
"발칙한 놈이군."
진필성의 시선 끝에는 '율기'라는 이름이 걸려 있었다.
"차려준 밥상이니 안 먹을 수는 없지."
그가 손에 들린 전서를 삼매진화로 태웠다.

"우검 호법. 상림(商林)의 금 림주와 이야기가 끝나는 즉시 제갈 군사를 만나게."

"제갈 군사를요?"

"지금 전서로 온 내용을 그에게 알려주게. 아! 내 믿는다는 말도 전해주고."

"알겠습니다."

우검 호법은 허리를 깊숙이 숙인 후 몸을 돌렸다.

'흠······.'

방을 나가는 우검 호법의 등을 보며 검림주의 눈이 날카롭게 빛났다.

* * *

개방주 불취개를 쳐다보는 제갈묘의 얼굴과 몸에는 이제껏 볼 수 없었던 당당함과 위엄이 서려 있었다. 한껏 웃음기를 머금은 제갈묘의 입술을 보며 불취개는 내심 침음을 집어삼킬 수밖에 없었다.

자리가 사람을 만든다고 하더니 제갈묘가 지금 딱 그 꼴이었다.

"어떻소?"

제갈묘의 질문에 불취개는 미간을 뒤틀며 마른침을 꿀꺽 삼켰다.

"무림맹이 달라졌소. 그러니 가져야 할 것과 누려야 할 것을 새로이 배분하는 것이 당연하다 여기오."

"제갈 가주, 아니 군사."

제갈묘는 눈썹을 꿈틀거리며 자신을 직시하는 불취개를 향해 여유가 넘치는 미소를 지어 보였다.

"내가 군사와 손을 잡으면 얻어지는 것이 무엇이오?"

"천하의 정보를 주겠소."

"천하의 정보?"

불취개의 반문에 제갈묘는 고개를 끄덕였다.

"어차피 정보는 개방의 것이 아니오?"

불취개는 불편한 음성을 토해냈다.

"방주의 말씀처럼 정보하면 개방을 따라올 곳이 없지요. 하지만 천하의 정보가 모두 개방의 것은 아니지요."

"……"

"앞으로 무림맹 내에서는 어떤 문파도 정보를 사사로이 다루지 못하도록 할 것입니다. 즉, 모든 정보가 개방에 의해서만 취급되도록 할 생각입니다. 천하의 정보 일통. 정보는 오로지 개방의 것이 될 것이오."

제갈묘의 목소리에 불취개의 눈썹이 다시금 꿈틀거렸다.

"왜 개방이오?"

"방주라면 나와 뜻이 잘 어울릴 것 같다고 판단했소."

"……?"

"무력이 약하다 하여 천대받았던 둘이, 천대하는 이들을 부려먹는 날이 왔으니까."

제갈묘의 말에 불취개의 표정이 묘하게 뒤틀렸다. 하지만 이글거리는 불취개의 눈빛을 제갈묘는 놓치지 않았다.

제갈세가와 개방.

그 두 세력이 당당히 천하에 이름을 올린 것은 무(武)가 아니었다.

지략의 제갈세가, 정보의 개방.

무림에서 무가 아닌 지략과 정보로 이름을 세운 두 곳이었다. 하지만 무림은 오로지 힘으로 군림한다고 여겨지는 곳. 그렇다 보니 제갈세가와 개방은 알게 모르게 업신여김을 당해왔었다.

"개방의 정보와 제갈세가의 지략이 만나면 그 어떤 무력보다 강력한 힘이 될 것이오."

"흠……, 일리 있는 말이오."

"새 술은 새 포대에 담는 법."

"푸하하하하!"

제갈묘의 의미심장한 말에 불취개는 우렁찬 웃음을 터트렸다. 제갈묘를 쳐다보는 불취개의 눈동자는 뜨겁게 이글거렸고, 제갈묘의 눈동자는 차가울 정도로 냉정하게 식어갔다.

어쩌면 동상이몽을 하고 있는지도 모르지만, 어쨌든 지금은 뜻이 하나로 모인 것이다.

"우리가 처음 합작할 일은……."
"일은?"
"염라서생 허진을 잡는 것이오."

구금상단 금대치

 촛불이 일렁일 때마다 사방 벽면에서 다섯 개의 그림자가 춤을 추었다. 그 촛불에 비춰진 네 흑사신의 얼굴은 붉게 상기되어 있었다.
 "보기 좋군."
 마현은 그들의 몸에서 은은하게 풍겨나는 더욱 짙어진 어둠의 향기에 흡족한 듯 미소를 살짝 지었다. 마현의 손에 다시 소환된 네 흑사신은 과거의 힘에 한층 다가선 자신들의 마력을 마음껏 음미하고 있었다.
 다들 들떠 있는 와중에도 유일하게 침착한 얼굴을 하고 있는 흑권을 보며 마현은 쓴웃음을 지었다.

"그래도 흑사신의 수장이라는 건가?"

마현의 목소리를 듣고서야 세 흑사신은 흑권과 마현이 서로 눈빛을 교환하고 있음을 알았다. 둘 사이의 착 가라앉은 분위기에 흑사신은 들뜬 감정을 수습했다.

"수장, 왜 그래?"

흑도가 흑권의 옆구리를 툭 쳤다.

하지만 흑권은 마현에게서 눈을 떼지 않았다.

자연스레 흑권을 제외한 세 흑사신은 의아한 눈으로 마현을 쳐다보았다.

"어떤 말을 듣고 싶나?"

"가감 없이 있는 그대로."

높낮이가 없는 나직한 어조였다.

마현은 팔짱을 끼며 미간을 살짝 찌푸렸다. 그렇게 한참 동안 흑권을 바라보던 마현이 팔짱을 풀며 말문을 열었다.

"본인의 성장은 그대들의 성장과 이어지지. 그건 그대들의 생존과 힘의 바탕이 어둠이 아닌 본인에게서 비롯되기 때문이다."

마현은 잠시 말을 끊었다가 다시 이었다.

"나는 이곳 중원의 사람이 아니다. 하르센 대륙이라는 다른 차원의 세계에서 왔지. 그곳에는 마법사라는 별종들이 산다. 나는 그 마법사가 걸어야 할 두 갈래 길 중 어둠인 흑마법사의 길을 걸었다. 그곳에서 나는 중원의 표현대로 부르자면 천하제일인이었다. 그리고 현재 본인은 그때의 힘을 되찾았다."
 흑권의 표정이 어두워졌다. 마현이 무엇을 말하려는 것인지 이해한 까닭이다.
 마현에게 전이된 지식으로 인해 하르센 대륙과 마법사라는 존재에 대해서는 대략적으로 알고 있다.
 비록 경험이 아닌 지식을 통해 알게 된 것이지만 천하제일인이라는 단어가 가지는 무게는 결코 가벼운 것이 아니다. 적어도 그 세상에서 마법이라는 길로, 그 길을 걷는 마법사들의 정점을 찍었다는 의미일 터.
 마현의 달라진 기도가 지금 그것을 증명하고 있지 않은가.
 단지 6서클에서 7서클로 한 단계 상승한 것뿐이지만 자신들에게 이어진 힘의 상승과 더불어 그에게서 느껴지는 기도는 상상 이상이었다.
 아마도 마현의 적수를 따진다면 천하에 몇 되지 않을 것이 분명했다.
 어찌되었든 마현은 올라갈 수 있는 최대한의 경지에 올라섰다는 뜻이다. 그것은 결국 흑도 자신을 비롯한 흑사신이 과거의 힘을 완전히는 되찾을 수 없다는 것을 의미하기도 했다.
 흑권의 눈동자에 복잡한 감정이 뒤엉켰다.
 흑권은 그것을 마현도 느끼고 있을 거라고 짐작했다. 지금의 자신이 무엇 때문에 고민을 하는 것인지.
 그렇다.

이제는 결정을 해야 할 시간이 온 것이다.

마현을 주군으로 섬길 것인지……, 아니면 다시 깊은 어둠으로 돌아가야 할지를.

물론 지금처럼 주종의 관계도 아닌, 딱히 뭐라 꼬집을 수 없는 애매한 관계로 계속 지낼 수도 있다. 득도 실도 없는, 그저 서로의 필요에 따라 맺어진 계약 관계로.

하지만 흑권은 그리 살기 싫었다.

고민의 골은 깊어졌지만 가야 할 길을 향해 내딛을 바닥은 보이지 않았다.

"마도의 길 끝에 마도 역사상 유일무이하게 본교 사조이신 천마만이 밟으셨던 마신지경(魔神之境)이라는 경지가 있다지?"

마현의 잔잔하지만 의미심장한 목소리에 흑권은 저도 모르게 고개를 들었다. 그리고 마치 심연을 잡아당기는 듯한 힘이 느껴지는 마현의 목소리에 집중했다.

"마신지경이 허무맹랑하게 들린다면……, 탈마지경(脫魔之境)은 어떤가?"

담담하게 시작된 마현의 목소리에는 강렬한 그 무엇이 담겨있었다. 그 순간 흑권은 이글이글 타오르는 마현의 집념을 보았다.

"백마법사나 흑마법사나 그 끝은 9서클이다. 단지 마신지경과 다른 점이 있다면 아직까지 인간의 힘으로 9서클에 오른

이가 없다는 것 뿐. 사실 8서클도 없긴 매한가지지만······."

모호하게 말끝을 흐렸지만 그런 마현을 바라보는 흑권의 눈빛은 더욱 강렬하게 불타올랐다.

"그 뜻은?"

"흑권, 그대답지 않군."

마현의 말처럼 지금의 물음은 그답지 않았다. 그만큼 고민하고 있음이리라.

마현이 한 글자 한 글자 찍어내듯 강하게 내뱉었다.

"올라야지! 아니! 거기까지 기필코! 오르고 말 것이다!"

드르륵.

흑권은 의자를 밀어내며 자리에서 일어났다. 그리고 마현에게서 눈을 떼고 세 흑사신을 일일이 쳐다보았다.

"이잉? 수장, 왜 그래? 오늘따라 이상하다."

드르륵.

흑도가 흑권을 보며 고개를 갸웃거릴 때 흑검과 흑창이 자리에서 일어났다.

"어, 어? 다들 왜 그래?"

이유는 모르지만 흑도 역시 그들을 따라 엉거주춤 자리에서 일어났다.

흑권을 필두로 흑검과 흑창이 탁자 앞으로 나란히 서는 모습에 흑도의 인상이 구겨졌다.

분명 저 셋이 함께 저런 모습을 보이는 것을 보면 뭔가가 있는 듯한데 자신은 도통 눈치를 챌 수 없다. 그렇다 보니 꼭 혼자 따돌림을 당하는 것 같아 기분이 몹시 나빴다.
"흑도."
흑검이 경건한 표정을 지으며 흑도를 향해 눈동자로 자신의 옆자리를 가리켰다. 그 어조가 마치 자신을 꾸짖는 듯해 흑도는 더욱 기분이 상했다.
"뭐?"
그런 흑검의 강압적인 태도에 흑도는 삐딱하게 서서 눈동자를 아래로 깔며 턱을 바싹 치켜 올렸다.
"좋은 말 할 때 옆으로 와라."
마치 아이를 타이르는 듯한 말투에 흑도의 눈썹이 역팔자 모양으로 그려졌다.
"흥!"
흑도는 입꼬리를 틀며 코로 거센 콧바람을 보란 듯이 팽 내품었다.
"너, 이 새끼……."
수염을 부들부들 떨며 흑검이 얼굴 가득 노기를 드러냈다.
"이 새끼 뭐? 그래, 어쩐지 한동안 뜸하다고 했지. 한판 붙을까? 앙?"
흑도는 흑검 앞으로 성큼 다가가 얼굴을 바싹 들이밀었다.
"흑도."
흑권이 나직하게 흑도를 부르며 고개를 옆으로 저었다.

"그리고, 흑검. 자네도 그만하게."

흑권의 말에 둘은 입을 꾹 닫았지만 여전히 눈빛으로 으르렁거렸다.

흑권은 입술을 살짝 벌려 숨을 길게 들이마신 후 마현 앞으로 한 걸음 내딛었다.

그리고는 앉아 있는 마현을 한참이나 내려다보았다.

끼익.

그때 방문이 열리며 왕귀진과 철용이 안으로 들어왔다. 하지만 방 안의 분위기가 무겁다는 것을 느끼자 조용히 방문을 닫고 구석자리로 걸어가 조용히 섰다.

흑권은 그들이 안으로 들어왔지만 전혀 눈길조차 주지 않고 여전히 마현을 내려다보고 있었다. 그리고 입을 뗐다.

"주군."

작은 목소리였지만 무거운 적막에 휩싸인 방 안이라 구석에 서 있던 왕귀진과 철용의 귀에도 또렷하게 들렸다.

'주, 주군?'

왕귀진과 철용은 고개를 번쩍 들어 흑권을 쳐다보았다. 두 사람은 서로 의혹의 시선을 교환하면서도 좀처럼 믿지 못하겠다는 표정이었다. 그도 그럴 것이 주군인 마현과 흑사신 사이의 관계를 누구보다 잘 알고 있었기 때문이다.

"에, 엥?"

흑권의 난데없는 말에 놀란 것은 그들 두 사람만이 아니었다. 흑도가 퉁방울 같은 눈을 한껏 부릅뜨며 목소리를 높였다.

"죽은 몸에도 노환이 오나?"

흑도는 새끼손가락으로 귀를 벅벅 후벼 파며 흑권 곁으로 바싹 다가가 붙었다. 그리고는 흑권의 이마 위에 손을 얹었다.

"흠……, 열은 없고. 생각보다 수장의 이마는 차갑군."

흑도는 흑권의 이마에 얹었던 손을 밑으로 내려 콧구멍 앞에 가져다댔다.

"하하하, 이거 본좌가 깜빡했군. 우린 숨을 안 쉬지."

흑도는 뒤로 한 걸음 물러나 팔짱을 끼며 다리를 삐딱하게 만들어 짝다리를 짚었다.

"결국 노인네 노망이 드셨나?"

흑도는 턱을 쓰다듬으며 짐짓 진중한 표정을 지었다.

그때였다.

빡!

손바닥 하나가 날아와 그런 흑도의 뒤통수를 사정없이 후려 쳤다.

"악!"

그 충격에 흑도가 쪼그려 앉으며 양손으로 뒤통수를 감싸 쥐었다.

"언놈이야?"

충격이 조금 가셨는지 눈을 시퍼렇게 부릅뜨며 흑도가 고개를 들어올렸다. 그런 그의 앞에 혀를 쯧쯧 차며 고개를 절레절레 젓는 흑검이 보였다.
"너, 너!"
흑도는 손가락으로 흑검을 가리키며 눈을 부라렸다.
"그래, 안 그래도 질질 끈다 싶었다. 오늘 너 죽고, 본좌만 살자!"
흑도의 몸에서 은은한 살기가 피어올랐다.
챙!
기다렸다는 듯이 흑검이 검을 뽑았다.
"갈!"
그런 둘 사이에 흑권의 노기 어린 마성이 터졌다.
좀처럼 흑권이 화를 낸 적이 없었다. 그래서인지 흑도는 움찔거렸고, 흑검은 검을 재빨리 집어넣고는 아무것도 모른 척 천장을 올려다보았다.
흑도도 흑도지만, 시간이 흐를수록 흑검도 흑도에게 물이 드는 것인지 점점 능글맞게 굴 때가 많아졌다. 한동안 잠잠하다 싶더니 결국 다시 서로 못 잡아먹어 안달이 난 모습을 보이자 흑권은 머리가 지끈지끈해졌다.
"휴우."
흑권이 한숨을 푹 내쉬는 와중에도 흑도와 흑검은 흑권의 눈을 피해 눈동자를 사납게 굴리며 집요하게 눈싸움을 벌이고 있었다.
흑권은 마현을 향해 어색한 웃음을 지었고, 마현은 고개를 내저으며 피식 웃음을 내뱉을 뿐이었다. 하지만 지금 마현은 그 어느 때보다 기뻐하고 있었다.

"다들 듣게나. 어차피 새로 얻은 삶, 새로운 기회가 주어졌으니 앞으로 남은 인생 또한 뭔가에 걸어보는 것 역시 나쁘진 않을 거라 본좌는 생각한다네."

흑권은 뒤로 한 걸음 물러나 바닥에 엎드렸다.

"속하, 흑권. 앞으로 주군을 위해 충성을 다하겠나이다."

"과거 그대의 힘을 온전히 돌려줄 수 없을지도 모르는데?"

"속하는 주군을 믿사옵니다."

흑권은 숙였던 머리를 더욱 깊게 조아렸다.

그 모습에 자못 진중한 모습을 보이던 흑검이 슬쩍 주먹을 말아 쥐더니 흑권 뒤로 뚜벅뚜벅 걸어갔다. 그리고 바닥에 엎드렸다.

"속하, 흑검. 주군을 뵈옵니다."

"흑창, 주군을 뵈옵니다."

좀처럼 입을 열지 않는 흑창도 흑검 옆에 엎드렸다.

"뭐야, 이거였어?"

그것을 보고서야 흑도는 괜히 소란을 떨었다는 듯이 혼자 툴툴거리며 터벅터벅 흑검 곁으로 걸어가 바닥에 엎드렸다. 하지만 엎드린 상태에서 고개를 들어 마현을 올려다보며 한마디 하는 것을 잊지 않았다.

"주인, 잘 부탁해."

쿵!

옆에 부복하고 있던 흑검이 한숨을 푹 내쉬더니 손을 슬쩍 들어 흑도의 뒤통수를 잡고는 그대로 바닥에 내리꽂아 버렸다.

"내 약속하지."

마현은 자리에서 일어나 흑권 앞으로 걸어 나갔다.

"반드시 그대들에게 과거 천하를 호령했던 그 힘을 되찾아 주겠다."

"속하, 그 말씀 가슴 깊은 곳에 담아두겠습니다."

마현은 바싹 엎드린 흑권 앞으로 다가가 몸을 숙였다. 그리고는 흑권을 부축하듯 몸을 일으켜 세웠다.

"다들 자리에 앉지."

마현은 조금 전 들어온 왕귀진과 철용을 불러 방 안에 놓인 원형 탁자에 모여 앉게 했다.

"이제 정말 한 식구가 되었습니다, 흑권 어르신."

왕귀진은 환한 웃음을 지으며 옆에 앉아 있는 흑권에게 말을 건넸다.

"늙은이의 괜한 심술이었지."

왕귀진의 말대로 한 식구라는 뜻이 가슴에 와 닿았는지 그의 표정은 전과 달리 많이 부드러워져 있었다.

그것을 시작으로 가벼운 덕담들이 오가며 분위기를 훈훈하게 만들었다.

"찾아온 것을 보니 흑풍대도 몸을 추스른 것인가?"

"예, 주군. 당장 출전해도 이상 없을 정도로 완벽하게 힘을 갈무리했습니다."

대답하는 왕귀진의 목소리에는 힘이 넘쳤다. 그만큼 자신감 또한 가득 찼다는 뜻이다.

그 모습을 보니 달라진 스켈레톤의 모습이 보고 싶어졌다.

사실 흑사신이야 어느 정도 예상한 바였지만 흑풍대와 스켈레톤의 성장은 흑마법사인 마현으로서도 예상하지 못한 기사(奇事)였다.

물론 그 후 대략적인 연유를 파악하기는 했지만 그건 어디까지나 머리로만 이해한 것일 뿐, 눈으로 직접 보고 싶다는 생각이 드는 것은 당연한 일이었다.

"한 번 볼까?"

마현이 자리에서 일어났다.

그 뜻을 알아차린 흑사신과 왕귀진, 그리고 철용이 자리에서 일어났다.

"준비해놓겠습니다."

철용이 먼저 방문을 열고 뛰쳐나갔다.

별채 뒤편에 마련된 작지 않은 연무장에 마현과 흑사신, 그리고 흑풍대가 모였다.

"크크크, 미리 말해 두겠는데……, 본좌가 먼저야."

흑도는 눈앞에 질서정연하게 서 있는 흑풍대를 보자마자 벌써부터 몸이 근질근질한 모양이었다.
 결국 제 흥을 이기지 못하고 목과 손가락을 비틀어 우두둑 뼈마디가 꺾이는 소리를 만들며 흑도는 들뜬 얼굴로 눈을 빛냈다.
 그런 흑도의 눈과 몸에서는 강렬한 투기가 흘러나오고 있었다.
 그 모습에 흑검은 조용히 피식 실소를 흘렸다.
 "본좌가 나가는데 아무도 불만 없지?"
 마치 어린아이처럼 흥분을 감추지 못하는 흑도의 모습에 흑권은 고개를 절레절레 저었다. 그런 후 흑도를 향해 고개를 끄덕여 주었다.
 모두의 암묵적인 동의에 힘입어 흑도가 앞으로 나가려 할 때였다.
 흑검이 손을 까딱거려 왕귀진을 조용히 불렀다.
 왕귀진은 무슨 일로 자신을 부르는지 이유를 알 수 없었기에 고개를 잠시 갸웃거리며 흑검에게 다가갔다.
 번쩍!
 왕귀진이 흑검 앞으로 다가오자, 흑검은 허리에 매달린 검을 뽑아 섬전처럼 휘둘렀다. 한 줄기 은빛 반원 형태의 궤적이 그려졌다.
 "헙!"

흑검의 검광은 왕귀진의 바로 코앞을 스치고 지나갔다.

"흐, 흑검 어……."

왕귀진은 당황하며 뒷걸음질을 쳤다.

흑검은 담담한 표정으로 검을 왕귀진 앞으로 내밀었다. 그리고는 검면으로 왕귀진의 팔을 들어올렸다.

"윽!"

그제야 새끼손가락 끝에서 미미한 고통이 느껴졌다. 시선을 내려 보니 새끼손가락 끝이 살짝 베어져 피가 한 방울 멍울져 있었다. 흑검은 검 끝으로 그 한 방울의 피를 긁듯이 훔쳤다.

"고맙네."

흑검의 표정은 인자하기 그지없었지만 묘하게 짓궂은 눈빛을 하고 있었다.

"……."

왕귀진은 이 황당한 일에 그저 붕어처럼 입만 끔뻑거릴 뿐이었다.

그러는 사이.

―캬캬캬캬캬!

―키키키키키!

칠흑처럼 검은빛을 띤 스켈레톤들이 철용의 명에 의해 소환되어 연무장을 가득 채우고 있었다. 더욱 섬뜩해진 귀성과 귀기로 인해 연무장의 공기는 한순간 음침하게 바뀌었다.

"크하하하하, 좋구나."

흑도의 광소가 터져 나왔다.

"홋!"

흑검은 비릿하게 입꼬리를 말아 올리며 핏방울이 맺힌 검 끝을 슬쩍 털며 착검했다. 그렇게 흑검의 검에서 날아간 한 방울의 피는 흑창의 인중에 떨어졌다.

"흐읍!"

흑창의 콧구멍이 한순간 벌렁거렸다. 이윽고 그의 콧잔등 위에 주름이 만들어졌다.

"흐으음!"

무표정하던 흑창의 얼굴이 흥분으로 달아오르더니 입술이 벌어지며 듣기 좋은 중저음의 음성이 흘러나왔다. 그리고 이내 그 목소리와 너무나도 잘 어울리는 근엄한 표정으로 변했다.

"오늘 이 본좌와 한바탕 놀아 보자구나!"

흑도가 연무장 위로 성큼 발걸음을 막 내딛으려는 때였다.

쐐애애액!

한 줄기 바람이 날아와 흑도의 앞을 가로막았다.

"뭐, 뭐야?"

흑도를 막은 것은 파르르 울고 있는 한 자루의 창이었다.

"이런 일은 본좌가 제격이지."

흑창이 흑도 앞에 근엄하게 섰다.

"왜냐고?"

흑창은 스스로에게 묻고는 흡족한 미소를 지으며 입을 열었다.

"그건 본좌가 바로 진우주천상천하유아독존고금제일천하무쌍우내무적창이기 때문이지. 자고로 창하면 본좌, 본좌하면 창. 놀랍게도! 본좌의 창술이 예술의 경지에 들어섰기에, 예술을 알기에 스켈레톤의 힘을 시험하기에 부족함이 없지."

흑도는 기가 막혔다.

"흑창, 너 갑자기 돌았……, 잉?"

흑도는 그때서야 근엄한 표정을 짓고 있는 흑창의 코 밑에서 붉은 점을 발견했다. 그 점이 단순한 점이 아니라 핏자국이란 것도 알게 되었다.

"어, 어떤 놈이야?"

흑도는 뿌연 김을 콧구멍에서 씩씩 내뱉으며 고개를 팩 돌렸다. 그런 성난 흑도의 눈에 얄궂은 웃음을 참고 있는 흑검이 보였다.

"너지?"

그 질문에 흑검은 자신은 모르는 일이라는 듯 어깨를 슬쩍 한 번 들어올렸다. 물론 입꼬리를 말아 올리면서 말이다.

"그럼 놀아 보자구나."

그러는 사이, 흑도가 어찌하기도 전에 벌써 흑창은 창을 휘두르며 스켈레톤 사이로 훌쩍 뛰어 들어가 버렸다.

"으아아아아아!"

그 뒤로 흑도의 억울함이 담긴 비명이 터져 나온 것은 두말할 필요가 없었다. 그리고 이어진 노기에 찬 일갈.
"흑검, 너 이시키! 너 죽고, 본좌 살자!"

*   *   *

"어쩌실 생각이신가?"
걸왕의 물음에 허진은 한동안 아무런 말도 하지 못했다.
미간에 주름이 깊게 잡힌 허진의 얼굴은 그 어느 때보다 심각했다.
날카롭게 뜬 눈은 탁자 위에 놓인 두 장의 종이를 뚫어져라 내려다보고 있었고, 맞은편에 앉은 걸왕의 표정도 그 못지않게 심각했다.
두 장 중 한 장은 조금 전 마교에서 날아온 것으로, 정확히 말하자면 군사 율기가 보내온 전서였고, 그 옆의 너덜너덜한 종이는 그보다 조금 앞서 걸왕이 개방에서 가져온 것이었다.
문제는 그 두 장의 종이가 같은 내용을 담고 있다는 것이다.
율기가 보낸 전서에는 소화산을 벗어나는 기슭에서 마현의 행적이 발견되었다는 것이고, 걸왕이 개방에서 가져온 일급비밀 보고서에는 마교 부교주 허진이 소화산 기슭 인근에 곧 모습을 드러낼 것이라는 정확한 예측이 담겨 있었다. 그것이 의미하는 것은 분명했다. 내부에 배신자가 있다는 것!

오랜 침묵이 이어졌다.

'율기, 네놈. 대체 무슨 짓을 벌이고 있는 것이냐?'

허진의 가슴은 분노로 가득 찼다. 그에 비례해서 눈빛은 차갑게 가라앉았다.

이상하리만큼 고요한 눈동자로 탁자 위를 바라보던 허진이 손을 뻗어 율기가 보낸 전서를 집어 들었다.

화르륵.

전서는 허진의 손에서 불타 순식간에 하얀 재로 변했다. 허진은 손바닥 안에 담긴 하얀 재를 손으로 뭉개듯 비비며 자리에서 일어났다.

"어찌할 생각이신가?"

걸왕은 재차 물었다.

허진은 꼿꼿하게 턱을 세운 채 걸왕을 아래로 내려다보며 천천히 입을 열었다.

"가볼 생각이오."

"가다니? 소화산에?"

걸왕은 깜짝 놀라 격한 목소리를 터트리며 자리에서 벌떡 일어났다.

"그렇소."

"그곳은 사지(死地)요."

"정파의 기둥이라 일컬어지는 걸왕이 마인을 걱정하다니, 우습군."

허진은 오히려 걸왕의 걱정 어린 말을 비웃었다.
"대체 어찌하려고……."
"걸왕."
"……?"
"호랑이를 잡으려면 호랑이굴에 들어가야 하는 법. 설마 순진하게 세간에 알려진 본좌의 힘이 전부라 믿는 것이오?"
후우우웅!
깊은 바다 속 밑바닥처럼 고요하던 허진의 몸에서 간담을 서늘하게 만드는 무시무시한 마기가 터져 나왔다.
"본좌는 마교 부교주요."
그 말을 끝으로 허진은 마기를 거두며 몸을 돌렸다.
'율기, 네놈이 뜻하는 대로 사지로 가주마. 본좌를 사지로 보낸 이유가 그저 개인의 영달을 위함이라면…… 네놈은 내 손에 죽는다.'
"부교주. 그렇다면 마현은?"
막 밀실을 나가려는 허진의 발걸음을 걸왕이 다시 잡아 세웠다.
"현이는 본좌의 제자요."
허진은 짧지만 많은 의미가 담긴 한 마디를 내뱉고는 밀실을 나가 버렸다.
"호랑이를 잡으려면 호랑이굴로 들어가야 한다라……."
누구나 다 아는 말이다.

하지만 누구나 다 할 수 있는 일은 아니다.
"이거 참. 낄낄낄낄."
걸왕은 손가락으로 수염을 배배 꼬며 특유의 웃음을 터트렸다.
"이 나이에 호랑이굴에 들어갈 수도 없으니……."
걸왕은 활짝 열린 밀실 문밖으로 고개를 빼꼼히 내밀고 있는 학성과 학방을 보며 음침한 웃음을 지었다.
"가자, 이놈들아."
그가 밀실에서 나와 학성과 학방을 향해 우렁차게 소리쳤다.

* * *

깡!
"음화화화홧, 멋지구나!"
흑창은 창으로 바닥을 찍으며 호탕하게 소리쳤다.
그런 흑창 앞으로 검게 변한 스켈레톤들이 빼곡하게 들어서 있었다.
흑창은 다시 창을 들어 허공에 한 폭의 그림을 그리듯 멋들어지게 창을 휘둘렀다. 그리고는 창을 거두며 왼손을 들어 엄지손가락을 살짝 치켜세웠다.
동시에 입술이 살짝 벌어졌다.

반짝!

입술 사이로 드러난 새하얀 이빨에 눈부신 햇살이 내리꽂혔다.

"과연 흑풍대다!"

휘이잉—

그때 바람 한 줄기가 불어와 흑창의 머릿결을 살짝 흩뜨려 놓았다. 그 바람에 입술이 조금 더 벌어졌다.

"바람 또한 멋지다!"

흑창은 창을 거두며 양팔을 벌려 온몸으로 바람을 맞이했다.

"그래서 본좌가 진우주천상천하유아독존고금제일천하무쌍우내무적창이 아니던가? 음화화화화화횟!"

흑창은 가슴 언저리까지 들썩거리며 다시 한 번 요상한 웃음을 터트렸다.

"이런 미친!"

분명 흑도의 목소리가 들렸을 법한데도, 흑창은 여전히 흡족한 표정을 지으며 양팔을 벌리고 있었다. 전에도 그랬지만 흑창의 귀에는 흑도의 목소리가 들리지 않는 모양이었다.

"야! 흑검!"

흑창이 자신의 도발에도 아무 반응을 보이지 않자 흑도는 흑검을 향해 소리를 버럭 질렀다. 하지만 흑검 역시 흑도의 시선을 외면한 채 나 몰라라 하고 있었다.

"으으으으!"

결국 흑도는 제 화를 이기지 못하고 가슴을 주먹으로 쿵쿵 내려쳤다.

"다들 그만하게. 흑창, 자네도 내려오고."

이상했다.

흑도의 목소리는 듣지 못하는 것 같은 흑창이 흑권의 말에 창을 거두며 당당히 연무장에서 내려온 것이다. 그리고 표정 역시 언제 그랬냐는 듯 무표정으로 돌아가 있었다.

그 사이 흑풍대는 흡족한 얼굴로 스켈레톤을 귀환시켰다.

"주군, 이제 북해를 떠나야 하지 않겠습니까?"

뒤늦게 연무장에 들어선 회회혈마가 흑사신과 흑풍대가 모든 준비를 마친 것을 보자 마현에게 다가가 물었다.

"떠나야지."

"앞으로 어떻게 하실 생각이십니까?"

회회혈마는 일단 마교로 돌아갈 것인지, 아니면 검림을 향해 다시 검을 뽑을 것인지 물었다.

"일단 화산파 장로의 이야기를 들은 후 판단하지."

"아!"

그동안 너무 급박하게 지낸 터라 그만 그를 까먹고 있었다.

마현의 손짓에 흑사신과 왕귀진, 철용, 그리고 회회혈마는 뒤로 물러나 공간을 만들었다.

공간이 생기자 마현의 몸에서 순수한 사기로 이루어진 흑무가 피어올랐다. 그 흑무는 마현의 손에 이끌려 땅으로 흡수되었다.

"소울 서먼즈!"

흑무가 흡수된 땅은 먹물이 흙바닥에 스며들듯 검게 물들었다.

검게 물든 땅 한가운데서 푹 하고 푸르스름이 더해진 새하얀 손이 솟아났다. 죽은 자의 손아래, 그가 생전에 입고 있던 옷의 소맷자락 끝에는 분홍색 화사한 매화꽃이 수놓아져 있었다.

바로 화산파에서 자결한 장로 허담이었다.

밖으로 드러난 허담의 시신 위에 다시 뿌연 연기가 솟아오르며 또 하나의 허담, 바로 그의 혼백이 모습을 드러냈다.

―히익!

땅바닥을 뚫고 올라온 허담의 혼백은 마현의 얼굴을 보자마자 공포에 질린 듯 온몸을 바르르 떨었다.

하지만 그걸로도 부족했던지 다시 땅속으로 파고 들어가려는 듯 손을 휘저으며 발버둥을 쳤다. 하지만 혼백의 손은 흙 한 줌 들어올리지 못하고 헛된 몸부림을 칠뿐이었다.

마현의 눈에서 검은 기운이 폭사되어 허담의 혼백을 휘감았다.

마치 번개라도 맞은 것처럼 허담은 몸을 파르르 떨었다. 그리고 혼백의 목이 기이한 각도로 꺾이며 마현을 향해 돌아갔다.
 ─몰라, 나는 아무것도 몰라!
 허담은 마현의 시선에서 벗어나기 위해 안간힘을 쓰는 듯했지만 그의 혼백은 이미 그의 것이 아니었다.
 "너는 누구지?"
 ─나, 나는 화산파의 자, 장로다!
 "갈! 혼백이 되고서도 거짓을 늘어놓는 것인가?"
 사기가 가득 담긴 그 일갈에 혼백의 몸이 한순간 흩어졌다가 다시 제 모습을 갖추었다. 엄청난 충격을 받았는지 정신이 나간 모습이었다.
 "혼백이 지워져 영원히 소멸되고 싶은 것이냐?"
 마현의 눈에서 뿜어져 나오는 사기에 살기가 더해졌다.
 그러자 허담의 혼백은 몸을 웅크리며 몸을 사시나무처럼 떨었다.
 "말하라, 너는 누구냐?"
 ─나는, 나는…… 부, 분명 화산파의 자, 장로다.
 거짓이 아니다.
 "누구의 사주를 받은 것인가?"
 ─리, 림……. 그들이 내 노부모를…….
 허담은 장황한 이야기를 두서없이 늘어놓았다.
 "림? 검림인가?"
 마현은 검림주 진필성을 떠올리며 싸늘하게 물었다.

―모, 모른다. 그저 립이라고만 알고 있을 뿐이다.
허담은 고개를 젓다가 갑자기 번쩍 눈을 떴다.
―들었다, 우연히……. 한 인물의 이름을…….
"그게 누군가?"
―유, 율기…….
쿵!
쇠뭉치로 뒤통수를 맞은 것처럼 그 순간 마현은 충격에 빠졌다.
"유, 율기?"
마현의 머릿속은 혼란스러워졌다.
하지만 그 혼란스러움은 재빨리 정리되었다.
그리고 그 중심에 율기라는 단어와 금마공이 연결되었다.
"주, 주군."
회회혈마는 파리해진 안색으로 말을 더듬으며 마현을 불렀다.
마현은 차가운 얼굴로 입술을 꾹 다물며 손을 휘저었다. 그러자 허담의 혼백이 사라지며 그의 시신이 땅속으로 다시 파묻혔다.
'군사, 네놈이 왜 나를 향해 칼날을 내밀었는지 모르나…….'
마현은 주먹을 말아 쥐었다.
'죽음보다 더한 고통 속에서 그 이유를 밝혀야 할 것이다.'
마현은 몸을 돌렸다.

"본교로 돌아간다!"
"충!"
"명!"

    * * *

뽀드득 뽀드득.
하얀 눈밭에 발자국이 길게 이어졌다.
너덜너덜하지만 꽤나 두꺼운 짐승 가죽을 모포처럼 온몸에 두르고 한 거지가 무릎까지 빠지는 눈을 헤치고 걷고 있었다.
바로 걸왕이었다.
"엣취!"
코를 연신 훌쩍이던 걸왕은 결국 기침을 내뱉었다.
"으으으으, 춥다!"
걸왕은 코 밑으로 삐져나온 콧물을 소매로 훔치며 품에서 호로병 하나를 꺼내 입으로 가져갔다. 호로병에 담긴 술을 두어 모금 들이켠 걸왕은 추위 때문인지, 아니면 술에서 느껴지는 짜릿함 때문인지 몸을 한 차례 부르르 떨었다.
"말년에 이 무슨 고생이냐."
푸념을 늘어놓으며 걸왕은 가죽을 쥔 손에 더욱 힘을 주었다.

"이놈아, 너 젊을 때 그렇게 탱자탱자 놀면 늙어서 손발이 고생한다."

30년 전에 돌아가신 스승의 목소리가 귀를 간질였다.
"쩝쩝."
걸왕은 괜한 입맛을 다시며 손가락으로 귀를 박박 긁었다.
"누가 이렇게 될 줄 알았나?"
걸왕은 제자인 불취개를 떠올리며 투덜거렸다. 불취개만 똑바로 현실을 직시하면 사실 자신이 이렇게 노구를 움직여 뛰어다닐 일이 없었다.

언제부터인가 불취개는 개방이 거지들의 방파라는 것을 잊은 듯 대문파의 방주로서 활동하기 시작했다. 하지만 나름대로 개방을 잘 이끌었고, 또 자신이 이래라저래라 하기도 귀찮아 별로 상관하지 않았다.

결국 그 업보가 돌고 돌아 지금 자신을 괴롭히고 있는 셈이니 누굴 원망할 것도 못되었다.
"에효, 이 박복한 삶. 누구를 탓하리요."
거기에 죽기 전에 엄청난 크기의 짐을 휙 던져놓고 가버린 친우 현도상인의 얼굴도 떠올랐다.

그렇게 시발점을 찾다보니 결국 문제의 시작은 마현이었다.
"에라이, 우라질 놈."
하긴, 마현을 찾아 이 추운 북해까지 왔으니 절로 욕이 흘러나왔다. 하지만 걸왕은 이내 끄응 앓는 소리를 목구멍 안으로 밀어 넣었다.

결국 자신이 사천으로 갔으니 그를 만났고, 호기심에 쫓아다녔으니 이렇게 고생을 하는 것도 따지고 보면 다 자신 탓이었던 것이다.

"마현 그놈, 북해에 없으면 안 되는데."

허진과 헤어지고 나서 걸왕은 방향을 북해로 잡았다. 마현이 있을 확률이 가장 큰 곳이 바로 북해였기 때문이다. 그리고 오는 길에 어렵사리 마현이 북해로 향한 듯한 흔적도 찾을 수 있었다.

"그 두 놈은 잘 하고 있으려나?"

그렇게 투덜거리며 길을 걷는 걸왕의 눈에 진득한 장난기가 어렸다.

* * *

제갈세가 내원 깊숙한 곳에는 유서 깊은 아담한 별채가 있다. 가주실과 가까운 곳에 위치한 그 별채 앞에는 황혼당(黃昏堂)이란 현판에 걸려 있었다.

황혼당은 바로 제갈세가의 원로들이 무림에서 은퇴한 후 마지막 여생을 보내는 곳이었다. 하지만 현재 제갈세가에 원로가 없어 비어 있던 곳을 제갈묘가 약간 손을 봐 임시로 무림맹주 진필성의 거처로 만들어주었다.

황혼당 내 큰 거실.

긴 탁자와 십여 개의 의자를 놓아 회의실로 바꾼 곳에 오파일방 장문인들과 육대세가 가주들이 진필성을 중심으로 모여 있었다.

"본 맹주가 이렇게 급작스럽게 소집을 해 다들 경황이 없을 것이오. 그 점은 미안하나 중대한 사안이 있어 그런 것이니 다들 넓은 아량으로 이해해 주시기 바라오."

진필성의 말에 대부분 탐탁지 않은 표정을 지었지만 그렇다고 해서 노골적으로 불만을 드러내는 이들도 없었다.

"제갈 군사."

"예, 맹주님."

"어차피 군사가 큰일을 한 것이니 내 입을 비는 것보다야 군사가 직접 이야기하는 것이 더 좋지 않겠소?"

"그리 말씀을 해주시니 감사합니다."

제갈묘는 뿌듯한 표정을 지으며 오파일방 장문인들과 육대세가 가주들을 향해 몸을 틀었다.

약간 고개를 들고 시선을 깔자 마치 그들을 아래로 내려다보는 듯한 모습이었다. 하지만 그 자세가 신경을 곤두세우면 오만해 보이고, 무심하다면 넘어갈 수 있을 정도로 미묘했다.

"험험."

제갈묘는 헛기침을 시작으로 입을 열었다.

"이 제갈 모가 여러분을 급작스럽게 모시게 된 이유는 바로 무림성 때문입니다."

진필성이 무림성을 짓겠다고 공언했기에 다들 고개를 끄덕이며 제갈묘의 말에 귀를 기울였다.

"달포 전쯤 일어났던 중경(重慶) 중평왕부(重平王府) 왕야의 역모를 혹 다들 아시는지 모르겠습니다."

"아오만?"

종남파 장문인 곡상천이 무림성의 일과 중평왕의 역모가 무슨 상관이 있냐는 듯 퉁명스럽게 대답했다.

비록 관과 거리를 둔 무심한 무림인들이라고는 하지만 역모 사건은 다르다.

천하를 떠들썩하게 뒤흔든 사건이기에 모르는 이가 없었다.

단순한 역모가 아니라 역모의 주모자인 중평왕은 작금 황제의 총애를 받았던 인물인지라, 어느 때보다 황제의 노여움이 컸었다. 그러니 불똥이 엄하게 튀지 않을까 민초들은 물론 그 인근 지방의 무림인들까지 한동안 바싹 허리를 숙였었다.

다행히 역모가 일어나기 전 발각된 터라 천하가 피로 물들지는 않았다.

"그 역모 사건으로 인해 현재 중경에 위치한 중평왕부의 주인이 없습니다."

"제갈 군사, 그 정도는 다 아는 이야기요."

곡상천은 뻔히 다 알고 있는 이야기를 왜 하냐며 짜증스런 목소리로 핀잔을 주었다. 그 말에 맞장구를 친 사람들은 은근히 제갈묘가 견제하기 시작한 장문인들과 가주들이었다.

"다 이유가 있으니 그러는 것이 아니겠소이까? 그냥 참고 들어봅시다."

이미 제갈묘와 손을 잡은 불취개가 나서 제갈묘의 편을 들어주었다.

"사실상 무림성을 짓는 데 있어서 부지를 정하고 터를 만들어 짓는다면 족히 삼 년은 걸릴 것입니다. 또한 그리 되면 천문학적인 돈이 들어가게 됩니다."

"그래서 제갈 군사께서 말하려는 요지가 도대체 무엇이오?"

화산파 장문인 담기량을 대신해 이 자리에 참석한 화산파 중향각주 독소명이 신경질적으로 물었다.

"비어 있는 중평왕부를 무림성으로 쓰고자 합니다."

제갈묘의 말은 가히 충격적이었다.

다들 얼마나 놀랐는지 개미 새끼 한 마리 기어가는 소리조차 들리지 않을까 싶을 정도로 실내가 조용해졌다.

"가당치도 않은 소리요."

독소명이었다.

진필성과 불취개를 제외한 나머지 인물들이 하나같이 독소명의 말에 고개를 가볍게 끄덕였다.

당연한 반응이었다.

비어 있어도 왕부는 왕부다.

한 마디로 관이라는 소리다.

그런 곳을 무림성으로 쓰자고 하다니, 애초에 말이 안 되었다. 아니 설령 쓰겠다고 내부적으로 결론이 났다고 치자. 관에서, 아니 그보다 황실에서 결코 용납하지 않을 일이다.

"제갈 군사, 제정신을 가지고 있는지 의심이 되는구려."

남궁세가 가주 남궁백공이었다.

노골적인 불만과 조롱이 담긴 시선에도 제갈묘는 담담한 표정을 유지하고 있었다.

제갈묘는 좌중을 한 번 둘러본 후 천천히 입을 열었다.

"이미 황실에서 허락했습니다."

쿵!

공기가 천근만근 무겁게 실내를 찍어 눌렀다.

소리가 들릴 리 만무하지만 귀에서 큰 종이 울린 것 같은 착각에 빠질 정도였다.

"미, 믿을 수 없소이다."

곡상천이 불신의 얼굴로 소리쳤다.

곡상천뿐만 아니라 다들 비슷한 표정들이었다.

"허락하는 대신 조건이 있으며, 받아들이면 그에 따른 혜택이 있습니다."

제갈묘는 사람들의 그런 표정을 무시하며 말을 이어나갔다.

"중평왕부를 무림성으로 쓰는 대신 무림맹은 황실에, 정확히 표현하자면 황제 폐하께 충성을 맹세해야 하며 그에 따라 큰 전쟁이 발생할 시 황군으로 참가해야 한다는 것입니다."

"그 말은 무림맹이 황군이 된다는 뜻이나 다름없지 않소이까? 불가하오, 불가!"

소림사 방장 혜공대사는 벌게진 얼굴로 소리치고는 몸을 홱 돌렸다. 더 이상 제갈묘의 말을 듣지 않겠다는 뜻이다.

"혜공대사."

"아미타불!"

제갈묘가 불렀지만 혜공대사는 눈을 꾹 감으며 불호만 읊어 댔다.

"매년 상당한 액수의 황실의 돈이 기부 형식으로 소림사로 들어가는 것을 알고 있습니다. 그건 무당파도 매한가지지요?"

"아미타불."

"무량수불."

틀린 말이 아니었기에 혜공대사와 청하진인은 불호와 도호를 읊었다. 제갈묘는 고개를 돌려 다른 이들을 쳐다보았다.

"비록 관과 무림이 불가침의 영역이라고는 하나 황제 폐하의 소집령이 떨어지면 그 황명에서 다들 자유롭지 못합니다. 안 그렇습니까?"

"크흠."

"험, 허험."

제갈묘의 말이 틀리지 않았기에 여기저기서 불편한 음성들이 튀어나왔다.

"결론은 무림이 제아무리 다른 세상을 표방하고 있어도, 황제 폐하의 신민이라는 뜻입니다."

"그래서 다들 황제 폐하 앞으로 우르르 몰려가 무릎이라도 꿇고 황군이라도 되자는 것이오?"

"아닙니다. 어차피 큰 전쟁이 발생한다면 우리 무림이라고 나 몰라라 할 수 없는 일 아닙니까? 하지만 우리가 먼저 그 제의를 수락한다면 돌아오는 혜택은 상상 이상이라서 그렇습니다."

설득력이 강한 제갈묘의 말에 여전히 불편한 기색이었지만 다들 어느 정도는 수긍을 하는 듯했다. 그 모습에 제갈묘는 득의에 찬 미소를 머금으며 다시 말을 이어갔다.

"중평왕부를 무림성으로 사용할 수 있고, 한시적으로 무림맹주 직을 가진 이에게는 천무왕(天武王)이라는 호칭이 내려지며, 무림성에는 천무왕부라는 또 다른 호칭이 주어집니다. 이것이 무엇을 뜻하는지는 알겠습니까?"

제갈묘의 말에 다들 마른침을 꿀꺽 삼켰다.

"관에서도 앞으로 무림맹을 쉽게 어쩌지 못한다는 뜻입니다. 또한 중평왕이 그러했듯이 매년 황실에 정해진 세수만 올린다면 중경에서 거둬지는 막대한 세금을 무림맹 운영비로 사용할 수 있다는 뜻이기도 합니다."

늘 운영비를 걱정해야 했던 무림맹으로서는 귀가 솔깃하지 않을 수 없는 얘기였다.

제갈묘는 너무 놀라 아무 말도 꺼내지 못하는 이들을 보며 탁자에 손을 얹고 몸을 앞으로 당겼다.

"하지만 더 중한 것이 있습니다."

몸을 틀었던 혜공대사마저 몸을 반듯이 하고 제갈묘의 말에 귀를 기울이고 있었다.

"우리는 마교나 새외삼궁을 공격할 수 있지만……."

제갈묘는 입꼬리를 말아 올렸다.

"그들은 우리를 공격하지 못합니다."

제갈묘가 자리에 앉은 이들의 얼굴을 한 명 한 명 눈으로 훑었다.

"대외적으로 무림맹주는 천무왕, 무림성은 천무왕부입니다. 우리가 그런 특혜를 누릴 수 있는 것은 바로 황군이기 때문입니다."

제갈묘는 느긋하게 탁자 위에서 손을 뗐다.

"확실히 구미가 당기기는 하지만……. 우리 모두 황제 폐하 앞에서 충성 서약을 해야 하거나, 아니면 충성 서약서를 만들어야 하는 것 아니오?"

무림의 성격상 관과 거리를 두던 습성이 있어서 그런지 그런 좋은 조건을 듣고도 다들 여전히 께름칙한 표정이었다.

"그렇게 번거롭지 않습니다. 일이 성사된다면 맹주님과 저, 이렇게 둘만 황성으로 갈 것입니다."

이 자리에 모인 일파의 종주들이 굳이 황제에게 충성서약을 하거나 머리를 굽실거리지 않아도 된다니, 더할 나위 없이 좋은 조건이었다. 이제 분위기는 그것을 받아들이는 쪽으로 흘러갔다.

"제갈 군사께서 참으로 대단한 일을 했소이다."

불취개는 어느 정도 알고 있었기에 다른 이들처럼 그다지 놀란 모습은 아니었다. 오히려 남들이 놀라고 있을 때 제갈묘를 한층 치켜세워 주었다.

"다행히 조정과 연을 이어주신 분이 있었습니다."

제갈묘의 말에 다들 호기심 어린 눈빛을 띠었다.

"안 그래도 앞으로 무림맹을 이끌어갈 때 많은 도움을 주실 분이라 모셨습니다. 미리 허락을 받지 않아 죄송합니다."

제갈묘는 여태 오만한 태도를 보였던 그답지 않게 허리를 깊숙이 숙였다.

외부 인사가 끼어들었다는 말에 다들 조금씩 못마땅한 표정을 지었지만 한편으로 호기심 어린 모습들도 보였다.

"들어오시지요."

제갈묘의 말이 끝나자 방문이 열리며 풍채가 좋은 오십대의 장년인 한 명이 안으로 들어왔다.

"무림의 쟁쟁한 영웅들을 보니 절로 몸이 숙여지는구려. 본인은 구금상단의 금대치라고 하외다."

"구, 구금상단?"

"그, 금대치?"

"중원 상계를 거머쥐고 있다는 그 구금상단의 금 대인이란 말이오?"

좌중은 또 한 번 깜짝 놀라고 말았다. 그러한 반응은 얼마 전 제갈묘가 그랬던 것과 큰 차이가 없었다.

"이 촌부를 이리도 알아봐 주시니 몸 둘 바를 모르겠소이다, 허허허."

몇몇 인물들은 자리에서 일어나 일일이 인사를 건넸다. 하지만 언제까지 인사만 하고 있을 수는 없어 제갈묘가 슬쩍 끼어들며 본론으로 바로 들어갔다.

"이번 일에도 많은 도움을 주셨지만 앞으로도 무림맹뿐만 아니라 오파일방과 육대세가에 큰 도움을 주신다기에 이 자리에 초대했습니다. 말씀하시지요, 금 대인."

"고맙습니다."

금대치는 제갈묘의 안내에 따라 한 걸음 앞으로 나섰다.

"평소 무림의 영웅들을 이 금 모가 흠모해 왔지만 그동안 연이 없어 그저 멀리서 동경만 했소이다. 그런 제게 이런 자리를 만들어 주신 맹주님과 군사께 다시 한 번 감사의 인사를 드리오."

금대치는 몸을 돌려 진필성과 제갈묘에게 고개를 살짝 숙였다.

"그래도 이 금 모가 장사치라 금전적으로 도움을 드리지는 못하겠지만……."

그 말에 다들 얼굴에 실망감이 맴돌았다.

"하지만 평소 무가에 필요한 것들이 많을 것으로 아오. 하여 작지만 구금상단을 이용해 주신다면 어떤 물품이든 간에 시가의 7할로 납품해 드리겠소이다."

그 말에 좌중의 얼굴에서 언제 그랬냐는 듯 실망감이 사라졌다. 아니 좋아서 입이 벌어지려고 하는 것을 애써 참는 기색들이었다. 7할이라면 보통 특혜가 아니다.

한두 냥일 경우 그 차이가 미미하겠지만, 그것이 수천, 수만 냥의 액수일 경우엔 어마어마한 경비를 절감할 수 있기 때문이다.

그것은 지금 이 자리에 모인 모든 문파와 세가들이 운영비의 3할을 절약할 수 있다는 것을 의미하기도 했다. 달리 말하면 그 3할 만큼의 이익이 새로 생긴다는 것이니 다들 반색할 수밖에 없었다.

"그래서 말입니다. 이왕지사 무림맹에, 그리고 각 문파에 큰 힘을 주시는 만큼 단순한 명예직이지만 금 대인께 장로의 신분을 드리는 것은 어떨까 싶습니다. 그렇게 된다면 금 대인은 금 대인대로 무림맹을 등에 업어서 좋고, 그래서 더욱 상권이 커지면 우리에게도 큰 힘이 되고. 다들 어떻습니까?"

물어보나 마나다.

실질적으로 힘을 행사할 수 있는 직책을 주는 것도 아니었다.

그저 이름뿐인 명예직이다.

오히려 그 명예직으로 인해 더 많은 것을 받아낼 수도 있었다.

"찬성이오."

"아미타불."

"그래서 이 제갈 모가 별호도 하나 준비를 했습니다, 금 대인."

"별호라……, 이거 한낱 장사치가 너무 과한 것을 받는 것이 아닌가 싶습니다."

금대치도 싫어하는 눈치는 아니었다.

"금검(金劍)이면 어떨까 싶습니다. 마음에 드시는지요?"

딱!

"그거 참으로 좋은 별호입니다."

"그보다 더 좋은 별호는 없을 것 같소이다, 하하하."

저마다 조금이라도 금대치에게 잘 보이고자 제갈묘의 말에 박수를 치고, 무릎을 치며 감탄사를 터트렸다.

상황이 이렇게 되자 대화의 주도권은 은연중 제갈묘에게로 흘렀다. 그가 이처럼 뛰어났던 인물인가 의아심이 들 정도로 그는 완벽한 모습을 보여주고 있었다.

"금검이라……, 귀하게 쓰겠소이다. 감사하오."

금대치는 활짝 웃음을 지으며 과장될 정도로 크게 포권을 취해 좌중의 인물들에게 일일이 허리를 숙였다.

무림성과 금대치의 영입으로 인해 자연스럽게 제갈묘에게로 힘의 저울이 살짝 기울어졌다. 다른 이들은 몰라도 제갈묘는 그런 흐름을 깨달았다.

흡족함을 넘어 절로 웃음이 흘러나왔으나 제갈묘는 애써 담담한 표정을 유지했다.

"아, 청하 장문인."

"……?"

"태극수검과 태극검룡이 이곳으로 왔다구요?"

제갈묘는 오늘 오후 제갈세가를 방문한, 정확히는 청하진인을 찾아온 학방과 학성을 떠올리며 물었다.

"그렇소이다, 무량수불."

"무림맹 차원에서 청천대(晴天隊)를 준비 중인 것은 아시지요?"

청천대는 오파일방과 육대세가, 그리고 중소문파 중 실력이 뛰어난 후기지수들을 중심으로 조직한 무력단체였다.

청하진인은 고심하는 척 고개를 살짝 숙인 후 곁눈질로 맹주 진필성을 살폈다. 그를 향한 청하진인의 눈에 연기가 아닌 진짜 고심 어린 감정이 담겼다.

'흠…….'

청하진인은 깊은 침음을 삼켰다.

무단가출했던 학방과 학성이 돌아왔다.

걸왕의 서신과 함께. 그리고…….

"무당파의 주춧돌이 될 아이들이니 잘 부탁드리오."
"아무렴 여부가 있겠습니까?"
제갈묘의 기꺼워하는 목소리를 들으며 청하진인은 눈을 감았다. 그의 입술이 벌어지며 묵음에 가까운 도호가 그의 입 안에서 맴돌았다.
"무량수불……."
눈을 감은 청하진인은 보지 못했다.
아니 청하진인뿐만 아니라 다들 눈뜬장님인지도 모른다.
희미하게 입꼬리를 말아 올린 진필성. 우검 호법과 금대치의 눈이 마주한 것과 그 둘의 눈동자에서 황금빛 기운이 감돌다 사라진 것, 그리고 둘 사이에 오간 희미한 웃음을.

제6장
소화산으로

소화산으로

 어수룩한 밤, 마현은 내일 이른 아침 북해빙궁을 떠나겠다는 뜻을 설관악에게 전하고 궁주실에서 나왔다.
 궁주실 앞에는 설린이 서 있었다.
 "내일…… 떠나신다고요?"
 그냥 지나치기엔 설린의 목소리가 너무나 처량했다.
 "그렇소."
 그녀의 마음이 느껴졌기에 말을 받아주었지만 그 마음을 외면했기에 목소리는 따뜻하지 않았다.
 하지만 매몰차게 설린을 두고 그냥 지나칠 수도 없었다. 어쨌든 그녀가 자신을 살리기 위해 북해빙궁 소궁주 자리를 버린 것이 머릿속에 떠오른 것이다. 아마도 그것은 설린에게 목숨보다 더 소중한 가치였으리라.

"좀 걷지 않겠소?"

"이왕이면 바깥바람을 쐬고 싶어요."

조금 전 해가 졌다.

"알았소. 그리합시다."

한밤이 되려면 아직 시간적 여유가 있었기에 마현은 그녀의 뜻을 받아들였다. 하지만 어색하게 내딛은 발걸음이 궁 밖 번화가까지 이르도록 둘 사이에는 간단한 대화마저도 없었다.

그렇게 번화가에 들어선 둘은 발걸음을 멈췄다.

사실 마현이 걸음을 멈췄다는 것이 옳을 것이다. 어쩌다 보니 번화가로 들어서게 되었지만 사람들로 북적북적한 이 거리를 산보하듯 걸으며 이야기를 나눌 수는 없었다. 그렇다고 발걸음을 돌리려니 마땅히 갈 만한 곳을 알지도 못했다.

"어디 조용한 주루라도 혹 알고 있소?"

마현의 질문에 설린은 고개를 살짝 저었다.

평생이라고 해도 좋을 만큼 궁 안에서 무공 수련에만 전념했던 그녀였다. 그런 그녀가 괜찮은 주루를 알 리가 만무했다.

"그럼 저기로 가는 것은 어떻소?"

마현은 근처의 건물들 중에서 가장 규모가 큰 곳을 가리켰다.

"좋을 대로 하세요."

조금 전까지는 설린이 반걸음쯤 앞서 걸었지만 이번엔 마현이 앞서 걸음을 내딛었다.
"아이고, 사람 죽네, 사람 죽어!"
 주루에 가까이 다가가자 시끌벅적한 소란이 일었다.
"아이고, 아이고. 이 늙은 몸, 그저 살자고 음식 잔반이나 달라고 했거늘……, 아이고, 나 죽네, 나 죽어."
 사람들에 둘러싸여 누구인지 알 수는 없었지만 주루 앞에서 고래고래 악을 쓰는 목소리가 터져 나왔다. 그것을 보며 주루로 들어가는 계단 위에 서서 몇몇 인물들이 오만인상을 구기고 있었다.
 언뜻 보아 주루에 관련된 사람들 같았다.
"그래, 굶어 죽나 얼어 죽나 매한가지다, 이놈들아. 차라리 얼어 죽으마."
 둘러싼 사람들 머리 위로 꾀죄죄한 넝마 같은 옷이 훌훌 날아올랐다.
 하지만 이상한 것이 사람들의 반응이었다.
 호기심에 모였지만 구걸하는 거지를 향해 동정의 눈빛을 보내는 이들은 없었다. 오히려 경멸하는 눈빛을 가진 이들도 종종 보였다.
"야박하다, 야박해. 북해의 인심이 설풍보다 더하면 더했지 못하지 않구나. 아이고! 아이고!"
"이상한가요?"

설린이 마현의 반응을 알아차리고 물었다.

"뭐 조금은……."

"북해는 아주 추운 지방이죠. 여기서 살려면 누구든 일을 해야 해요. 어디든 마찬가지지만 특히 북해는 살기 위해 일을 했어요. 그렇다 보니 거지가 없죠. 추운 곳에서 가만히 있으면 곧 죽음으로 이어지니까요. 물론 지금은 아니지만……. 어찌 되었든, 일하지 않는 자 먹지도 마라, 그것이 북해에서 살아가는 방식이에요."

그 뒤로 몇몇 설명이 이어졌지만 마현은 그다지 귀를 기울이지 않았다. 세상엔 많은 사람이 있고, 많은 방식이 있다. 그걸 굳이 자신의 기준에서 생각할 필요는 없었다.

"가요."

마현은 다른 주루를 찾기 위해 설린과 함께 번화가 안쪽으로 들어가고자 했다.

그렇게 주루 앞을 지나치는데 둘러싼 인파들 틈에서 추운 바닥에 홀딱 벗고 드러누워 있는 거지의 얼굴이 살짝 보였다.

'거참.'

아는 얼굴이었다.

바로 그 거지는 걸왕이었던 것이다.

마현은 고개를 절레절레 저으며 다시 걸음을 내딛었다. 하지만 몇 발자국을 채 딛지도 못하고 걸음을 멈춰야 했다.

"봉 봤다! 낄낄낄. 마현, 이놈아!"

그 짧은 순간 걸왕 역시 마현을 알아본 모양인지 사방으로 내던진 넝마쪼가리 같은 옷을 재빨리 챙겨 들고는 자신을 둘러싼 인파들을 훌쩍 뛰어올라 마현 앞으로 쏜살같이 달려온 것이다.

"인정머리라고는 눈을 씻고 봐도 없는 놈 같으니라고. 에잉, 쯧쯧쯧."

걸왕은 옷을 주섬주섬 챙겨 입었다.

"오랜만입니다."

마현은 걸왕을 그냥 지나치려 했지만 그가 자신을 발견하고 이렇게 앞에 떡하니 서 있으니 더 이상 모른 척할 수는 없었다.

"으으으, 춥다. 인사는 어디 들어가서 하자."

걸왕은 고개를 젖혀 조금 전 그가 난동(?)을 피운 그 주루를 쳐다보았다.

"가자."

그리곤 마현의 대답도 듣지 않고 아직 사람들이 모여 있는 주루로 걸어갔다. 그것도 아주 당당하게, 난감한 표정을 짓고 있던 이의 어깨까지 두드려 주며 말이다.

"아시는 분인가요?"

설린은 그런 걸왕의 모습을 보며 조심스럽게 물었다.

"그저 안면만 조금 있을 뿐이오. 갑시다."

마현은 걸왕을 무시하고 설린과 함께 다시 번화가 대로를 따라 걸음을 내딛었다. 지금은 걸왕을 만나 느긋하게 식사하고 술 한 잔 곁들일 마음의 여유가 없었다.

그렇게 몇 발자국 다시 내딛었을 때였다.

"에라이, 이 똥물에 튀겨도 시원찮을 놈아!"

걸왕의 걸걸한 목소리가 다시금 터져 나왔다.

"기껏 네놈 스승 일로 이 추운 곳까지 왔건만……."

걸왕의 말을 무시하고 걷고 있던 마현의 발걸음이 딱 멈췄다. 마현이 걸왕을 향해 휙 몸을 돌려세웠다.

"낄낄낄."

걸왕은 마현을 향해 히죽 웃음을 지었다. 그런 걸왕을 한참이나 주시하던 마현은 결국 설린에게 다시 말했다.

"잠시 합석을 해야 할 듯싶소. 괜찮겠소?"

설린으로서는 둘이 있고 싶었지만 이미 마현의 마음이 처음 보는 거지를 향해 있다는 것을 알았기에 어쩔 수 없이 고개를 끄덕였다.

"고맙소."

마현은 설린과 함께 걸왕이 서 있는 주루로 향했다.

그냥 한적한 곳에 자리 잡고 싶었지만 걸왕이 가장 상층의 귀빈층이 조용하고 한적하다며 떼를 써 결국 귀빈층으로 올라가 자리를 잡았다.

걸왕은 설린과 소개도 하기 전에 대뜸 점소이를 시켜 주루에서 가장 비싼 음식들과 북해에서만 만들고, 또 그 값이 비싸

아무나 먹을 수 없다는 설화주까지 시켰다.
 그 안하무인의 모습에 설린은 가볍게 낯을 찌푸렸다.
 "네가 빙화라는 아이냐?"
 걸왕은 점소이를 재촉해서 음식도 나오기 전에 먼저 나온 설화주를 개봉하며 설린에게 물었다.
 "그렇습니다만…… 누구신가요?"
 걸왕은 술주둥이에 코를 가져다대고 킁킁거리며 냄새를 맡았다.
 "크으……, 주향 좋고."
 걸왕은 설린의 물음을 가볍게 무시하며 술잔에 설화주를 따랐다. 그리곤 천천히 맛을 음미하며 마시기 시작했다.
 "캬! 좋다!"
 감탄사를 터트리며 걸왕이 다시 술잔에 설화주를 채웠다. 그런 걸왕의 눈은 설린을 향해 있었고 잠시 후엔 힐끔 마현을 보았다.
 "좋아하냐?"
 "네?"
 당황한 것인지 설린은 눈을 동그랗게 떴다.
 "마현, 저놈을 좋아하냐고 물었다."
 재차 묻는 걸왕의 질문에 설린의 표정은 급격히 차가워졌다.
 "상당히 무례하군요."

"낄낄낄."

걸왕은 짓궂은 웃음기를 머금으며 다시 술잔을 들었다. 그 웃음기에 발끈한 설린은 차가운 기운을 내뿜으며 걸왕을 압박했다.

"에잉, 어찌된 게 이곳은 어른을 공경할 줄 몰라."

걸왕은 투덜거리며 마현을 쳐다보았다.

"네놈 앞도 캄캄하다. 아니 끼리끼리 만났으니 천생연분인가?"

걸왕은 마치 귀찮은 파리를 쫓듯 팔을 휘저었다. 그러자 걸왕을 에워싼 설린의 기운이 봄날 볕에 녹는 눈처럼 스르르 사라졌다.

더욱 차가워진 설린은 걸왕을 노려보며 다시 물었.

"존함이 어찌되시나요?"

말을 높였지만 결코 사근사근한 목소리는 아니었다.

"나? 걸왕."

설린의 표정이 딱딱해졌다.

"선배님, 농이 지나치십니다."

마현의 목소리도 좋을 리 없었다.

"이것 봐, 딱 천생연분 맞구먼. 낄낄낄."

"선. 배. 님!"

마현의 목소리가 한없이 낮게 깔렸다.

"알았다, 이놈아! 어째 네 스승과 하나도 다르지 않냐?"

"이제 농은 그만하시고, 스승님에 대해 이야기해 주십시오."
"아, 맞다! 이놈의 정신머리하고는."
마현의 말에 걸왕은 이마를 탁 쳤다.
"이곳에 오기 전에 사천성에서 네놈 스승을 만났다. 너 구한다고 마교에서 나왔다고 하더구나."
마현의 얼굴에서 서서히 표정이 사라졌다.
"그런데 말이다……, 네놈 스승이 하는 말이……."
걸왕은 조금 전과 달리 심각해진 얼굴과 목소리로 허진이 율기의 함정이라는 것을 알면서도 소화산으로 향했다는 말을 전했다. 더불어 신비문파 검림과 율기의 상관관계에 대해서도 자신이 추론한 것을 이야기해 주었다.
파삭!
걸왕의 말이 끝날 때쯤 마현의 손에 들려 있던 술잔이 부서졌다. 손등에 힘줄이 돋아난 것도 모자라 그의 손은 바르르 떨리고 있었다.
반면 얼굴에는 아무런 감정도 드러나 있지 않았다. 그저 무심하게 입술을 꾹 다물고 있을 뿐이었다.
하지만 잔잔해 보이는 눈동자에서는 이미 살기가 폭풍처럼 휘몰아치고 있었다. 거기에 반해 외부로 드러나는 마현의 모습은 냉정하기 그지없었다.
"먼저 일어나겠소."
왜 이곳에 설린과 함께 나왔는지에 대한 일은 이미 마현의 머릿속에서 사라지고 없었다.

 설린은 딱딱하게 굳은 얼굴로 자리에서 일어나는 마현을 잡을 수가 없었다.

* * *

 동이 틀 무렵 여전히 사위가 어두운 새벽.

 횃불을 켜기도 애매한 시간, 어둠 속에서 검은 복장으로 일통한 흑풍대가 오와 열을 맞추고 북해빙궁 대연무장에 서 있었다.

 그들 앞에 마현과 회회혈마가 서 있었다.

"회회혈마."

"예, 주군."

"그대는 먼저 본교로 돌아가라. 가서 가 당주를 만나 무영대를 통해 율기에 대한 정보를 얻으라. 그 후 율기가 무슨 일을 꾸미고 있는지 알아보도록."

"알겠습니다, 주군."

 회회혈마는 곧장 북해빙궁에서 내어준 백마 위에 올라탔다.

"회회혈마."

"……?"

"그대는 내 사람이다. 본인보다 먼저 죽는 수하는 필요 없다."

"그 말씀 뼛속까지 깊게 새겨두겠습니다, 주군."

회회혈마는 말고삐를 당겨 북해빙궁을 벗어났다.
"풍!"
마현은 어둠 속에서 잠자고 있는 다크 스티드 풍을 깨웠다.
푸히이이잉!
바닥이 갈라지고 한 마리 흑마가 어둠 속에 뛰쳐나왔다. 마현은 즉시 풍에게 올라탔다. 그러자 기다렸다는 듯 흑풍대원들이 서 있는 땅 옆에서 다크 스티드들이 튀어나왔다.

북해빙궁을 떠날 준비가 끝나자 마현은 몸을 돌려 대연무장을 내려다보는 하나의 커다란 전각을 올려다보았다. 그 2층에는 북해빙궁주 설관악을 비롯해, 설린, 냉하상, 냉천휘가 서 있었다.

마현은 그들을 향해 조용히 고개를 숙였다.

거기에 맞춰 답례를 하는 설관악을 보며 마현의 시선은 자연스레 그 옆에 서 있는 설린에게로 향했다.

착잡하고 미안한, 그리고 애틋한 시선으로 잠시 설린을 쳐다보던 마현은 애써 감정을 잘라버리고 고개를 돌려 말고삐를 잡아당겼다.

푸히이잉!

풍의 흉맹스러운 울음소리가 터져 나왔다.
"가자!"
"명!"
"명!"

마현을 선두로 서른한 기의 검은 인마들이 지축을 뒤흔드는 말발굽 소리만 대연무장에 남겨두고 북해빙궁을 빠져나갔다.

　　　　　　　＊　　　＊　　　＊

아마 자금성을 보지 못한 촌부라면 이게 바로 자금성이 아닐까 생각할 정도로 웅장한 규모를 가진 중경 대로 북쪽에 위치한 장원.

얼마 전까지만 해도 장원을 상징하던 편액이 지금은 부서져 바닥에 나뒹굴고 있었다. 인적 또한 없어 오히려 그 큰 규모는 장원을 더욱 더 을씨년스런 흉가처럼 보이게 만들었다.

이곳은 중원 서쪽의 또 다른 황제가 산다고 세인들에게 알려진 바로 그 중평왕부였다.

역모에 몰려 피에 뒤덮였던 중평왕부에 피 냄새가 채 가시기도 전에 새로운 주인이 생겼다.

놀랍게도 그 주인은 무림맹 맹주.

그리고 중평왕부는 그로 인해 무림성이라는 새로운 이름으로 편액이 바뀌었다.

더욱 놀랄 일은 앞으로 대략 달포 후면, 무림맹주에게는 천무왕이란 직책이 내려지고, 그로 인해 무림성은 천무왕부라는 또 다른 이름을 가지게 된다는 것이었다.

그렇게 무림성이 된 장원은 개방 제자들의 일사불란한 움직임에 의해 을씨년스럽던 흉물을 벗어 버리고 다시 웅장한 장원으로 태어났다.

워낙 잘 지어진 왕부였기에 대대적으로 손을 볼 필요는 없었다. 하지만 왕부라는 이름을 이어가지만 무림맹의 성이었기에 무림인들에 맞춰 세부적인 부분은 손 볼 곳이 제법 있었다.

무림성의 보수공사는 개방이 전담했다. 그 말은 곧 불취개가 책임을 지고 일을 진행시킨다는 의미였다.

무림성 내부 공사를 총괄하는 불취개에게 총타에서 정보를 관리하는 한 장로가 보내온 보고서가 전해졌다.

보고서를 보더니 불취개의 얼굴이 우락부락 일그러졌다. 그 보고서에는 얼마 전 사천성에서 개방의 태상방주인 걸왕과 마교 부교주 허진이 만났다는 내용이 적혀 있었다.

"이 사실이 맹에도 전해졌느냐?"

"아닙니다. 개 장로께서 이 건은 맹에는 알리지 말고 비밀에 부치라 엄명을 내려놓은 상태입니다."

"다른 곳에 전해진 것은 없고?"

"그곳에 있던 속청검문 문주는 죽고, 소문주는 반 폐인이 되었습니다. 그래서 속청검문 제자들을 모두 회유하여 함구하도록 시켜놓았습니다."

"다행이군. 알았다, 가 보거라."

개방 제자가 돌아가고 불취개는 불만에 가득 찬 눈으로 어금니를 박박 갈았다.

'이 노친네는 이런 민감한 시절에 왜 마교의 부교주를 만나고 지랄이야.'

혹 망령에라도 든 게 아닌가 생각해 봤지만 그건 아닐 듯했다. 불취개가 아는 걸왕은 벽에 똥칠할 때까지 맨 정신으로 세상을 누빌 위인이었다.

'하필 이 시기에……'

그나마 다행인 것은 무림맹으로 통하는 모든 정보를 개방이 움켜쥐었다는 것이다.

불취개는 총타로 돌아가려는 개방 제자를 다시 불렀다.

"전 개방도에게 전문을 보내라 전하거라. 태상방주를 보면 이 제자가 제발 좀 보자고 하더라고."

"알겠습니다, 방주님."

불취개는 보고서를 찢어 입에 넣고 질겅질겅 씹어댔다.

"무엇을 그리 맛있게 드십니까?"

그때 갑작스럽게 들려온 제갈묘의 목소리에 불취개는 화들짝 놀라 사레라도 든 것처럼 콜록거렸다.

"먹어서는 안 되는 것을 드신 겁니까?"

제갈묘는 부드럽게 웃으며 다가와 불취개의 등을 툭툭 두들겨주었다.

"아, 아니오."

불취개는 잘 넘어가지도 않는 종이를 애써 목구멍으로 집어삼켰다.

"쿨럭, 쿨럭."

그렇게 서너 번 더 기침을 하고 나서야 불취개는 텁텁한 입맛을 모두 날릴 수 있었다.

"군사께서 갑자기 어인 일로 이렇게 빨리 오셨소?"

원래 제갈묘는 이틀 후에 무림성으로 오기로 되어 있었다. 불취개는 혹시나 개방 제자와 나눈 이야기를 들었나 싶어 긴장하며 조심스럽게 질문했다.

"생각보다 일이 빨리 마무리가 되어 일찍 출발했습니다."

제갈묘의 표정을 슬쩍 살피니 다행히도 듣지 못한 듯싶었다. 불취개는 안도의 한숨을 나직하게 내쉬었다.

"그래도 다행입니다. 군사께서 쓰실 거처는 공사가 마무리되었으니 제가 안내를 하겠습니다."

"감사합니다."

불취개는 제갈묘를 데리고 한 전각으로 향했다.

그 전각에는 와룡각(臥龍閣)이라 적힌 편액이 걸려 있었다.

"와룡각이라······. 혹?"

"멋대로 달았는데, 군사의 마음에 드실지 모르겠소."

"제갈공명 선생의······, 그 와룡각이라······."

제갈묘의 얼굴에는 어느새 흡족한 미소가 지어져 있었다.

"감사합니다, 방주. 감사히 쓰겠습니다."

"마음에 드셨다니 그저 고마울 따름이오."

제갈묘는 앞으로 자신이 지낼 거처를 둘러보며 집무실로 향했다. 집무실에 놓인 탁자를 사이에 두고 제갈묘와 불취개가 마주 앉았다.

"생각보다 진전이 빠른 듯 보입니다."

"워낙 잘 지은 왕부인지라 그다지 크게 손 볼 곳은 없습니다."

그렇게 소소한 이야기가 오갈 때였다.

"방주님. 사천분타에서 급한 전갈이 도착했습니다."

중경 분타주가 급히 안으로 뛰어 들어왔다.

"무슨 일이냐?"

"사천에서 급한 전서가 날아왔습니다."

불취개는 빼앗다시피 전서를 가로채고는 급히 전서를 펼쳤다. 전서를 읽어 내려가며 불취개는 긴장감이 물든 야릇한 표정을 지었다. 전서를 모두 읽은 불취개가 제갈묘에게 전서를 내밀었다.

"후후."

제갈묘는 전서를 읽으며 불취개와는 달리 옅은 웃음을 내뱉었다.

"아무래도 제가 선견지명이 있나 봅니다."

제갈묘는 전서를 내려다보며 불취개를 쳐다보았다.

"오시자마자 바쁘게 되었소."

불취개 역시 의미심장한 미소로 제갈묘의 웃음에 화답했다.

"이제 남은 것은 제갈세가와 개방에 날개를 다는 일뿐이군요."

 메마른 웃음기가 입가로 번져가는 둘의 시선 끝에는 개방에서 보내온 활짝 펴진 글귀가 매달려 있었다.

　　마교 부교주 허진, 소화산으로 출발.

*　　*　　*

 눈부신 햇살로 가득 찬 정오.
 허진과 귀갑철마대가 제법 넓은 관도를 따라 섬서성 성도 서안으로 들어섰다. 그들의 움직임은 당당하고 거리낌이 없었다.
 대로는 오가는 수많은 사람들로 인해 활기로 가득 차 있었고 여유도 있었다. 하지만 허진은 그런 여유 속에 긴박하게 돌아가는 공기의 흐름을 어렴풋이 느꼈다.
 대로를 메운 범인들 속에서 당황하며 서두르는 몇몇의 기척을 파악한 까닭이다.
 아주 미묘한 흐름이었지만 허진은 이미 예상을 했기에 그런 기운을 놓치지 않았다. 그도 그럴 것이 허진은 사천총타를 나서며 몸을 숨긴 채 사천성을 벗어났다. 하지만 섬서성에 이르자 보란 듯이 관도를 따라 서안으로 들어선 것이다.
 당연히 무림맹으로서는 갑작스러운 자신의 돌출 행위로 인해 당황할 것이다.

"훗!"

허진은 실소를 터트렸다.

이제부터 소화산까지는 당당하게 움직일 것이다. 그렇게 무림맹 내부를 뒤흔들 생각이었다. 그로 인해 그들에게서 허점이 드러난다면 허진은 맹수처럼 달려들어 단번에 찢어발길 작정이었다.

거리를 훑어보는 허진의 눈빛은 얼음장보다 더 차갑게 식어 있었다.

이제부터 시작임을 느낀 것이다.

"국 대주."

허진은 귀갑철마대주 국충을 불렀다.

"예, 부교주님."

"서안에서 가장 좋은 객잔을 잡도록 하라."

"명!"

허진의 명은 국충에게로, 그리고 귀갑철마대원에게로 내려갔다. 얼마 후 서안에서 손꼽히는 객잔 하나를 통째로 빌렸다.

허진은 귀갑철마대를 이끌고 객잔으로 이동하는 도중 제법 거리가 떨어진 곳에 흉흉한 기세를 머금고 있는 한 무리를 발견했다. 그들은 화산파 무인들이었다.

분주한 기척이 느껴진다 싶더니 그새 화산파에게도 전해진 모양이었다.

하지만 드러내 놓고 자신들을 가로막은 것은 아니었기에 허진은 가는 길을 멈추지 않았다. 어차피 하루 빌려 놓은 객잔으로 가려면 그들이 서 있는 곳을 지나쳐야 했지만, 그렇지 않았다 해도 허진은 그들 앞으로 말을 몰았을 것이다.

투각거리는 말발굽 소리와 철컹거리는 귀갑철마대의 육중한 갑옷 소리는 대로 위를 무겁게 내리눌렀다.

허진은 천천히 대로 한가운데에 서 있는 십여 명의 화산파 제자들 앞으로 말을 몰았다. 그리고 가장 선두에 서 있는 화산파 제자 바로 앞까지 다가서고 나서야 비로소 말을 세웠다.

푸히이잉!

너무나도 가까운 거리였기에 허진이 탄 말의 뜨거운 콧김이 고스란히 화산파 제자의 얼굴을 뒤덮었다. 말의 입김에 묻어 나오는 역한 냄새에 화산파 제자가 얼굴을 잔뜩 구기며 뒤로 몇 걸음 물러났다.

그 모습에 허진은 일부러 발에 힘을 주어 말의 옆구리를 강하게 압박했다.

쿠히이이잉!

말은 격한 울음을 토해내며 앞발을 번쩍 들어올려 허공에 몇 차례 발길질을 해댔다.

그 말의 바로 앞에 있던 화산파 제자는 위협을 느낀 것인지 다시 뒤로 물러나며 허리에 차고 있는 검자루에 손을 얹었다. 하지만 흉흉한 눈빛만을 유지할 뿐 검을 뽑지는 않았다.

그가 검을 뽑지 않은 것이 아니라 뽑지 못한 것임을 허진은 한눈에 알아차렸다.

'결국 걸왕의 말이 맞았군.'

허진은 걸왕의 말을 온전히 믿은 것이 아니었다. 그렇기에 위험을 무릅쓰고 서안에 모습을 드러낸 것이었다.

이유는 걸왕의 말이 진실인지 알아보기 위함이었고, 그게 진실이 아니더라도 화산파로 바로 진격할 수 있는 위치였기 때문이다.

마현으로 인해 화산파의 지위가 바닥에 처박혔음에도 자신들을 향해 검을 뽑지 못한다는 것은 많은 것을 의미했다.

"가자."

허진은 발로 말의 배를 툭 치며 무리를 이룬 화산파 무인들 중앙으로 다시 말을 몰았다.

명백한 도발이었다.

그럼에도 불구하고 화산파 제자들은 양쪽으로 갈라져 길을 텄다. 스쳐 지나가며 본 그들의 모습은 굴욕감으로 부들부들 떨고 있었다.

그들 중 하나가 결국 울분을 참지 못하고 검자루에 손을 얹었다. 그의 눈빛과 잔뜩 힘이 들어간 손등을 보건데 검을 뽑을 것이 분명했다. 하지만 그 옆에 있던 다른 화산파 제자가 황급히 그를 제지했다.

바로 눈앞에서 벌어진 일이니 허진이 보지 않을 수가 없었다.

당연히 허진은 말을 멈춰 세웠다.

"뽑고 싶나?"

허진은 상체를 살짝 숙여 검을 뽑으려던 화산파 제자 쪽으로 얼굴을 내밀었다.

"이, 이익!"

그 화산파 제자는 다시 검을 뽑으려 했지만 다른 화산파 제자 둘이 달려들어 그를 제지했다.

"후후."

허진은 실소를 내뱉으며 다시 허리를 폈다.

"머지않아 검을 뽑게 될 테니 좀 참는 것도 괜찮겠지. 소화산에서!"

허진은 빈정거리는 듯한 어투로 말을 시작했지만 마지막 말은 차갑게, 그리고 딱딱한 어투로 강조했다.

그러자 몇몇 화산파 제자들의 얼굴에 당황하는 빛이 생겨났다.

그때 허진은 제법 떨어진 곳에서 느껴지는 기척에 슬쩍 고개를 돌렸다. 그늘에 가려 잘 보이지 않는 골목길 안에서 한 개방 제자가 당황한 듯한 얼굴로 어디론가 뛰어가는 모습이 눈에 들어왔다.

반개한 허진의 눈꺼풀 속에 잠긴 눈동자는 다시금 싸늘하게 식어갔다. 허진은 입을 한일자 모양으로 꾹 다물며 다시 말의 배를 찼다.

말은 가벼운 투레질을 터트리며 다시 대로를 따라 움직이기 시작했다.

묵묵히 화산파 무리의 한가운데를 뚫고 지나온 허진은 귀갑철마대와 함께 미리 잡아놓은 객잔에서 짐을 풀었다.
잠시 후 화려한 객잔 가장 상층에 허진과 국충, 그리고 귀갑철마대와 달리 유령대를 이끌고 모습을 감춘 채 은밀히 허진의 뒤를 따라온 유령대의 대주 하강우가 한자리에 모였다.
허진은 그 둘에게 손수 술을 따라주었다.
"주군."
공손히 술잔을 받은 하강우가 조심스럽게 허진을 불렀다.
"……?"
허진은 자신의 술잔에 술을 따르다가 그의 부름에 고개를 들었다.
"아, 아닙니다."
한동안 허진을 보며 우물쭈물하던 하강우는 곧 입을 닫았다.
"아니긴 뭐가 아닌가? 강우, 네 얼굴에 모든 것이 드러나 있는데."
허진은 천천히 술을 마신 후 다시 술잔에 술을 채웠다.
"내일부터는 힘든 날들이 될 것이다. 오늘 하루는 편히들 쉬어라."

허진은 천천히 술을 마시며 창문 너머로 보이는 서안의 야경을 차갑게 내려다보았다.

                *   *   *

 "흐음……."
 제갈묘의 뒤틀린 침음성이 길게 이어졌다.
 "염라서생이 섬서성에 모습을 드러낸 것도 모자라 보란 듯이 객잔을 잡고 쉬고 있단 말이지?"
 오랜 침묵 끝에 제갈묘는 개방을 통해 올라온 보고서를 재차 확인했다.
 "그렇습니다."
 "도대체 무슨 생각으로 그리했는지 그자의 머릿속을 갈라 직접 들여다보고 싶군. 끄응."
 전혀 생각지도 못한 허진의 돌출 행동에 제갈묘는 못마땅함이 가득 담긴 음성으로 불만을 토했다.
 "정보가 새어나간 것인가?"
 아무리 생각해 봐도 그건 아니었다.
 무림맹 수뇌들 중에서도 일부만 극비로 알고 있는 문제가 새어나갈 리 없었다.
 허진에 대한 정보는 진필성을 통해 내려와 자신을 거쳐 불취개로 내려간 것이다.

제갈묘는 혹시나 싶은 마음에 고개를 들어 불취개를 쳐다보았다. 말은 하지 않았지만, 혹시나 개방 쪽에서 정보가 새어나갈 수 있냐는 물음을 담고 있었다.

그 눈빛에 불취개는 속으로 뜨끔했지만 모른 척 심각한 얼굴로 고개를 저었다. 그러면서도 불취개는 걸왕을 떠올리며 불편한 마음에 좌불안석이 따로 없었다.

하지만 걸왕이 허진을 만났다는 건 사실이지만 걸왕을 통해 허진에게 지금의 일이 전해졌는지는 아무도 모르는 일이었다. 다만 지금은 걸왕이 허진을 만난 적이 있다는 사실이 그의 마음을 불편하게 만들고 있을 뿐이었다.

"어쩔 수 없군. 마음에 들지 않지만 이번 일에 화산파를 동참시켜야겠습니다."

제갈묘의 말에 불취개는 그 제안이 그다지 마음에 들지 않지만 묵묵히 고개를 끄덕일 수밖에 없었다.

"그래도 미래는 개방과 제갈세가의 것이 될 것이니 너무 마음 상해하지 않았으면 좋겠습니다."

불취개의 못마땅한 눈빛을 읽었는지 제갈묘는 그의 마음을 달래주었다.

"상황이 어찌되었든 결과는 한 가지입니다. 지금처럼 준비해 주세요."

"알겠소, 군사."

제갈묘는 그 말을 끝으로 자리에서 일어났다.

"맹주께 가시는 것이오?"

"그렇습니다. 슬슬 황제 폐하를 알현할 준비를 해야 합니다. 그럼 먼저 실례하겠습니다."

제갈묘가 방을 나가자 불취개는 다시 탁자 위에 올려놓은 보고서를 읽으며 이빨을 빠드득 갈았다. 그러더니 신경질적으로 탁자를 강하게 내려쳤다.

'사부, 도대체 무엇을 하고 있는 것이오?'

불취개는 이 일이 끝나는 대로 걸왕을 찾아야겠다고 마음먹었다.

제아무리 걸왕이 전대 방주고 자신의 스승이지만 개방이 천하제일방파로 크는 데 있어 걸림돌이 된다면 모든 힘을 동원해서라도 억류시킬 생각이었다.

조우

 서안에서 편하게 하루를 쉬어서 그런지 오랜 객정(客程)을 치른 것처럼 보이지 않을 정도로 그들은 한결 가뿐한 모습이었다.
 하지만 그들의 표정과 눈빛은 한 걸음 한 걸음 내딛을 때마다 더욱 긴장감과 차가움이 짙어졌다.
 허진은 눈을 반쯤 감아 감각을 극에 달할 정도로 예민하게 만든 상태로 말을 몰고 있었다. 그런 그의 기감에 뾰족한 바늘과도 같은 살기가 서서히 느껴지기 시작했다.
 "부교주님. 이제 소화산 끝자락에 거의 다다랐습니다."
 허진은 국충의 말에 그제야 반개했던 눈을 떴다.

이제야 모든 것이 확인되었다.

이제 허진에게 있어 남은 것은 앞으로 어떻게 할 것이냐다. 허진의 생각을 아무도 몰랐기에 국충을 비롯한 귀갑철마대와 암중에 숨어 있는 유령대는 조용히 숨을 죽였다.

"적어도 율기에게 가져갈 선물은 있어야겠지?"

허진은 찌릿한 살기가 은은하게 피어오르는 소화산 끝자락에서 넓은 들판처럼 보이는 터를 내려다보며 음산하게 말했다.

"하지만 그들이 깔아놓은 판에서 굳이 놀 필요가 없지. 국충."

"예, 부교주님."

"판은 우리가 깐다. 말머리를 돌려라."

허진은 귀갑철마대를 이끌고 소화산 인근 숲 속으로 다시 모습을 감추었다.

　　　　*　　 *　　 *

"옵니다!"

소화산 끝자락에서부터 이어진 넓은 터 주변으로는 울창한 나무들이 병풍처럼 둘러싸여 있었다.

불취개는 개방 제자의 전언에 묵묵히 고개를 끄덕이고는 제갈묘의 동생이자 며칠 전 비공식으로 제갈세가의 가주 자리에 오른 제갈휘에게 눈을 돌렸다.

"그들이 이곳에 한 발자국이라도 들어온다면 이 싸움은 우리의 승리요."

제갈휘는 속삭이듯 낮게 말했지만 거기에는 상당한 자신감이 들어차 있었다.

그 말이 당연하다는 듯 불취개는 신뢰가 담긴 눈빛으로 고개를 끄덕였다.

현재 개방과 제갈세가, 그리고 어쩔 수 없이 합류시킨 화산파가 에워싸고 있는 터에는 제갈세가가 모든 역량을 동원해 만든 하나의 기문진이 설치돼 있었다.

그 기문진은 바로 제갈세가가 몇 대에 걸쳐 비밀리에 완성한 무극연환미혼진(無極連環迷魂陣)이었다.

천하제일인이라 해도 이 무극연환미혼진에 빠지면 환영에 빠져나오지 못하고 심력이 고갈되어 서서히 죽어나가게 되는 무서운 진이다.

거기에 외부에서는 영향을 받지 않으며 오히려 진 안에 갇힌 적을 공격까지 할 수 있다는 장점까지 두루 갖췄다.

무극연환미혼진이 뛰어난 진임에는 틀림없으나 제갈세가가 이제껏 외부로 공개하지 않은 이유는 하나다. 진을 설치하기에 너무나도 오랜 시일이 걸린다는 점 때문이었다.

불취개는 제갈휘가 들고 있는 하나의 작은 깃발을 내려다봤다.

저 깃발이 꽂히는 순간 무극연환미혼진이 발동한다. 불취개는 다시 시선을 앞으로 돌리다가 반걸음 뒤쪽에 몸을 숨기고 있는 화산파 중향각주 독소명 장로와 눈이 마주쳤다.

'쳇!'

불취개의 눈가에 언짢은 감정이 주름으로 나타났다.

제갈세가와 개방이 이 좋은 상황을 독식할 수 있는 기회였다. 그렇게 독식만 한다면 범이 날개를 단 것처럼 단숨에 다른 오파일방과 육대세가를 누르고 올라설 수 있다.

헌데 허진의 뜬금없는 행동으로 인해 화산파가 끼어들게 되었다.

그것이 마음에 안 들지만 그들을 내칠 수도 없는 일이었다.

독기가 가득한 눈빛들로 보아 화산파에서는 이 기회를 이용해 이제껏 실추된 문파의 명예를 예전처럼 다시 올리려는 듯 보였다.

아무리 그래도 개방과 제갈세가를 따라올 수 없을 것이라 스스로 자위하며 불취개는 다시 무극연환미혼진으로 눈을 돌렸다.

하지만 얼마 시간이 지나지 않아 불취개의 눈이 부릅떠졌다.

허진과 귀갑철마대가 몇 걸음만 내딛으면 진 안으로 들어오는데, 갑자기 몸을 돌리더니 다시 소화산 인근 숲 속으로 들어가 버린 탓이다. 그것에 가장 당황한 이는 제갈휘였다.

고즈넉한 소화산 기슭에서 병장기가 부딪히는 타음과 고통에 찬 비명소리, 독기에 사로잡힌 고함소리가 여기저기서 울렸다.

푸학!

녹음이 푸르른 수풀에 붉은 피가 덧칠해졌다.

그 위로 붉은 피를 뒤집어 쓴 사내들이 하나둘 속절없이 싸늘한 주검이 되어 쓰러졌다.

"뭣들 하냐? 몰아붙여라, 어서!"

목이 터져라 외치는 독소명의 뺨 위로 굵은 눈물이 주르르 흘러내렸다.

그의 눈동자에는 뜨거운 햇살에 반사되어 빛나는 귀갑철마대의 갑옷이 만들어낸 은색과 온통 붉은색만이 존재했다. 보이는 것 대부분이 붉은색이니 그의 눈이 잘못된 것이 아닌가 의심해 볼 만도 하지만, 독소명은 자신의 눈이 잘못되지 않았음을 알고 있었다.

왜냐하면 그의 눈에 보이는 붉은색은 허상이 아니었으니까.

그 붉은색의 주인들은 귀갑철마대의 손에 속절없이 피를 뿌리며 쓰러지는 화산파 제자들이었으니까.

울분이 목구멍까지 차오른 탓일까?

악에 받쳐 찢어진 북처럼 고래고래 터져 나오던 독소명의 목소리가 어느새 잠긴 모양이다. 그의 입술에서는 공기 빠진 물주머니처럼 씩씩거리는 소리만이 흘러나왔다.

흰자위에 핏발이 섰다.
검을 쥐고 있는 손에 힘이 들어갔다.
그 순간 화산파 제자들을 이끌고 이곳으로 올 때 불취개가 전음으로 했던 말이 천둥치듯 떠올랐다.

『제갈세가에서 만들어놓은 기문진 안으로 반드시 염라서생을 밀어 넣으시오! 그리한다면 화산파의 무너진 명예를 다시 일으켜 세워 주겠소.』

불취개의 전음이 들렸다.
독소명은 번개에 감전이라도 된 것처럼 몸이 부들부들 떨렸다. 불취개의 전음은 곧 자신 보고 죽으라는 소리다. 아니 오십여 명의 화산파 제자들에게 죽음의 구렁텅이로 들어가라는 뜻이기도 했다.

『본 방주의 이름을 걸겠소. 이는 또한 제갈 가주도 동의했소.』

잠시 망설이는 독소명을 다그치듯 전음이 다시 들려왔다.
독소명은 입술을 깨물었다.
『믿겠소.』
독소명의 입장으로서는 불취개의 말을 들을 수밖에 없었다. 설령 그가 거짓을 말한다고 해도.

"으아아아!"
독소명은 기합성도 아닌 비명처럼 들리는 고함소리를 터트리며 귀갑철마대 속 피에 젖은 검을 휘두르는 허진을 향해 몸을 날렸다.
 그와 동시에 숲을 뒤흔드는 함성이 터져 나왔다.
 "와아아아아!"
 "정파의 기치를 세우자!"
 귀갑철마대와 부딪히는 화산파 제자들 뒤로 개방 제자들 수백이 모습을 드러냈다.

 허진은 검에 묻은 피를 털어내다가 문득 이상함을 느꼈다.
 화산파 제자들이 죽음을 불사하고 자신들을 소화산 아래로 밀어 넣으려는 듯한 의도가 역력히 보였기 때문이다.
 귀갑철마대가 호위하고 있어 비교적 여유가 있었던 허진은 고개를 돌려 주변을 살폈다.
 듬성듬성 난 나무들 사이, 멀리 보이는 산기슭 아래 넓은 터에는 아무것도 없었다.
 물론 허진의 기감에 여전히 그 터를 에워싼 채 매복하고 있는 백여 명 정도의 살기가 느껴지기는 했다. 하지만 단지 그 정도 인원들의 매복을 믿고 화산파 제자 수십 명이 죽기 살기로 덤비는 게 이해가 되지 않았다.
 '분명 뭔가가 있다.'
 허진은 다시 전장으로 고개를 돌렸다.
 '도대체 저기에 무엇이 있기에······.'
 허진의 깊은 상념이 독소명의 비명과도 같은 광소에 깨어났다.

"으아아아아!"

독소명이 주화입마에 빠진 광인처럼 난폭하게 검을 휘두르며 자신을 향해 달려드는 모습이 눈에 들어왔다.

허진 앞에 당도하기 전에 막아서는 귀갑철마대의 언월도에 팔과 다리, 옆구리가 베어졌지만 독소명은 그런 상처에는 아랑곳하지 않고 오로지 허진만을 노려보며 달려들었다. 그렇게 상처투성이로 달려온 독소명이 말을 탄 허진을 노리고 허공으로 몸을 띄웠다.

허진은 말고삐를 살짝 옆으로 당기며 자신을 상대하기 위해 허공으로 몸을 띄운 독소명을 향해 일검을 내질렀다.

그 순간 독소명은 허진을 향해 휘두르던 검을 버렸다.

그때 허진은 독소명의 눈빛에서 그가 이미 죽음을 생각하고 있음을 알아차렸다.

푹!

아니나 다를까. 독소명은 허진이 내지른 검을 피하지 않았다. 하지만 그게 끝이 아니었다.

독소명은 허진을 덮친 후 바닥으로 떨어졌다.

쿵!

설마 독소명이 이런 행동을 취할 것이라곤 생각지도 못한 허진은 한순간 당황했다. 하지만 곧 정신을 차리고 독소명의 품에서 벗어나고자 애를 썼다.

그렇지만 독소명은 마지막 남은 모든 힘을 쥐어짜 허진을 꽉 끌어안고 놓아주지 않았다. 그리고는 몸을 굴려 허진과 함께 산기슭 아래로 몸을 내던졌다.

 둘이 뒤엉켜 산비탈을 굴러 내려가는 와중에도 허진은 독소명에게서 벗어나고자 그의 몸에 살수를 썼지만 독소명은 끝끝내 팔을 풀지 않았다. 오히려 산비탈에 굴러 내려가는 속도를 높이기 위해 몸을 더욱 끌어안으며 악착같이 버텼다.

 그렇게 산기슭 거의 끝자락까지 굴러 내려오자 허진은 어쩔 수 없이 모든 내력을 끌어올려 양손에 집중했다. 그리고 합장을 하듯 독소명의 양 관자놀이를 가격했다.

 퍼석!

 그 일 수에 독소명의 머리가 수박처럼 터졌고, 피와 함께 뇌수가 사방으로 튀었다.

 허진은 절명한 독소명의 가슴을 후려치며 그의 품에서 빠져나왔다. 그리고 재빨리 자리에서 벌떡 일어났다.

 "부, 부교주님!"

 곧 귀갑철마대가 허진 앞으로 말을 몰아 달려 내려왔다. 그 사이 살아남은 화산파 무인들과 뒤늦게 모습을 드러낸 개방 제자들이 무극연환미혼진으로 들어서는 곳을 제외하고는 허진과 귀갑철마대를 더욱 촘촘하게 에워싸며 압박해 들어왔다.

 "국 대주."

 귀갑철마대주가 허진을 향해 살짝 고개를 숙였다.

"하명하소서."

"계획을 수정한다. 모두 몰살시키라!"

"명!"

"하강우. 후미를 쳐라!"

허진은 살기가 담긴 목소리로 유령대주에게 명했다.

"명!"

하강우의 목소리가 허공에서 들려왔다.

하강우의 말이 끝남과 동시에 이제껏 암중에 몸을 숨기고 있던 유령대가 개방 제자들 뒤에서 모습을 드러냈다. 그리고 그들은 한 치의 망설임도 없이 적들의 등을 향해 검을 휘둘렀다.

"으아아악!"

갑자기 나타난 유령대의 손에 개방 제자들이 속절없이 죽어나가기 시작했다.

진 안에 몸을 숨기고 있던 불취개는 그 광경을 보고 이빨을 빠드득 갈았다.

유령대를 부르기 전에 허진을 기문진 안에 가두려는 계획이 어긋났다.

'멍청한 놈! 고작 그 일 하나 제대로 수행하지 못하다니.'

불취개는 머리가 터져 몸만 남은 독소명의 주검을 멀리서 지켜보며 품에 손을 넣었다. 그의 손에 기다란 통 하나가 잡혔다. 그나마 혹시나 싶어 가져온 것을 다행이라 여기며 불취개는 서둘러 허진 앞으로 몸을 날렸다.

자신이 최대한 빨리 움직여야 개방 제자가 하나라도 덜 죽기 때문이다.

불취개는 개방 방주만이 익히는 취선운행보(醉仙雲行步)를 밟으며 귀갑철마대의 언월도를 피해 허진 앞으로 다가갔다.

"염라서생, 이제 끝이다!"

불취개는 품에서 기다란 통을 꺼내 끝에 달린 굵은 줄을 잡아당겼다.

콰광!

허진을 향해 있는 통 주둥이에서 붉은 불꽃이 터졌다.

쐐애애액!

그리고 수천 개의 바늘이 허진을 향해 쏘아져 날아갔다.

허진은 불취개가 앞에 모습을 드러냈을 때 이미 재빨리 검을 들었기에 늦지 않게 검막을 칠 수 있었다.

따다다다당!

얇은 은막 같은 검막 위에 수천 개의 침들이 불꽃을 만들어 내며 부딪혔다. 허진은 그렇게 침들을 막을 수는 있었지만 뒤로 반 장 정도 밀려나는 것까지는 어떻게 할 수가 없었다.

그렇게 허진이 소화산 기슭 아래 터 가장자리로 들어설 때였다.

지이이잉—

희미하지만 이질적인 기운이 땅에서 솟구치는 것을 느꼈다.

웬 바람이 얼굴을 스쳐지나가자 낯선 풍경이 눈앞에 펼쳐졌다.

"부, 부교주님!"

"주군!"

국충과 하강우가 놀라서 부르는 소리가 들렸지만 그 후로는 아무런 소리도 들리지 않았다.

눈앞에는 생경한 풍경이 펼쳐져 있었다. 아니 풍경이라고 말할 수도 없었다. 하늘도 없고, 땅도 없는 새하얀 색만이 눈에 들어왔다. 어디가 위고, 어디가 아래인지조차 알 수 없었다.

'기문진?'

순간 제갈세가를 떠올렸다.

하지만 제갈세가에 이런 기문진이 있다는 소리는 허진도 듣지 못했다. 만약 그들이 맞다면 숨겨둔 비장의 한수쯤 되리라.

허진의 눈매가 가늘어지며 뜨거운 열기를 내뿜던 그의 눈빛이 차갑고 냉정하게 바뀌었다.

허진은 한 걸음을 내딛었다. 어떤 기문진인지 알아볼 필요가 있었던 것이다.

'……?'

앞으로 한 걸음 내딛었는데 몸이 앞으로 나아가지지 않았다.

아니 나아갔지만 못 느낀 것인지도 모른다. 아니 실제로 못 나아간 것이 아닐까 한편으론 의문이 들기도 했다. 왜냐하면 자신은 분명 서 있는데 몸과 얼굴에서 느껴지는 감각은 마치 바닥에 엎드려 있는 것 같았기 때문이다.

'진이란 자연에 흐르는 기운을 비틀어 만든 허상일 뿐.'

허진은 단전에서 잠자고 있는 모든 마기를 깨웠다.

새하얀 화선지에 검은 먹물이 번지듯이 허진의 몸 주위로 마기가 끊임없이 흘러나왔다.

그때였다.

쐐애애애액!

한 줄기 날카로운 소리가 허진의 귀를 스치고 지나갔다.

사각!

살갗이 불에 덴 듯 따끔한 느낌이 들었다. 그리고 뺨이 축축해지며 이내 허진의 왼쪽 어깨가 붉은색으로 변해갔다.

쐐애애액!

다시 날카로운 소리를 동반한 암습이 이어졌지만 허진은 눈 하나 깜짝하지 않고 오연하게 서 있었다.

서걱!

이번엔 허벅지가 베어지며 피가 뿜어져 나왔다.

허진은 허벅지에 난 상처를 더욱 차가워진 눈빛으로 내려다보았다.

'비수?'

허진의 입에서 비소(誹笑)가 흘러나왔다.

기문진에 가둬놓고 고작 하는 짓이 암기를 던지는 것이었다.
 "고작 나 허진을 이깟 기문진에 가둘 수 있다고 생각하는가!"
 허진은 오른발을 높이 들어 모든 마력을 쏟아 내려찍었다.
 ……!
 분명 강한 충격에 의한 소리가 들려야 하는데 아무런 소리도 들리지 않았다. 하지만 발끝부터 타고 올라오는 은은한 진동을 느꼈다.
 서걱, 서걱!
 그사이에도 몇 차례 암기가 허진의 사혈 곳곳을 노리고 날아왔지만 그럴수록 허진의 눈빛에서는 마기가 더욱 짙어질 뿐이었다.
 '자연의 기운을 뒤틀었다면 더 큰 힘으로 뒤틀면 그만인 것을.'
 "갈!"
 허진은 혼신으로 끌어올린 마력을 담아 다시 발을 굴렀다.
 쾅!
 몇 차례 시도한 끝에 지축을 울리는 굉음이 터졌다.
 마침내 창문에 곱게 바른 새하얀 창호지가 찢어지듯이 산자락의 터와 주변을 둘러싼 산세가 눈에 들어왔다. 그리고 기문진 앞에서 뒤엉켜 피로 얼룩진 한 폭의 아수라도를 그리고 있는 귀갑철마대와 유령대, 화산파와 개방 무인들의 모습이 보였다.

또한 진 저편에서 자신을 노려보며 비수를 던지는 제갈세가의 무인들 역시 보였다. 절대로 깨어지지 않을 것이란 굳은 믿음을 가지고 있었던지 그들은 허진이 자신들을 노려보자 당황하며 허둥거렸다.

"부교주님!"

그 격전의 와중에 진에 갇혀 사라진 허진이 다시 나타나자 반색을 하는 귀갑철마대와 유령대의 목소리도 간간히 터져 나왔다.

하지만 그것도 찰나였다.

짙은 안개가 드리우는 것처럼 다시 온 세상이 새하얗게 변했다.

"후우."

허진은 긴 숨을 내쉬었다.

그의 숨결을 따라 검은 운무가 흘러나와 몸을 에워쌌다. 그 검은 운무는 몸을 에워싸더니 허진의 오른손으로 스며들었다.

"흐아압!"

허진은 강렬한 기합성을 터트리며 땅바닥이라고 짐작이 되는 발아래를 내려쳤다.

콰광!

미약하지만 조금 전보다 더 명확한 폭음이 터졌고 다시 새하얀 공간이 일그러지며 갈색 땅과 푸르른 녹음, 그리고 붉은색 피가 보였다.

"오행 상성이 깨어진다. 팔괘(八卦)와 구궁(九宮)을 담당하는 각 제자들은 공력을 더욱 집중시키라."

다급한 목소리가 눈앞에 보이는 전장 후미에서 터졌다.

우우웅!

기문진 안이라서 그런지 몸으로 느낄 만큼 공력의 파동이 느껴졌다. 그러자 새하얀 운무는 전보다 빨리 허진의 눈과 몸을 감쌌다.

허진은 이를 악물고 힘으로 기문진을 깨트리며 한 걸음, 두 걸음 앞으로 나아갔다. 그럴수록 상처도 하나 둘씩 늘어갔다. 하지만 좀처럼 기문진에서 벗어날 수는 없었다.

단숨에 기문진을 부숴 버리고 나갈 수 있을 것만 같았는데 생각보다 시간이 오래 걸리자 허진의 눈가에 차츰 주름이 깊게 패여 갔다. 또한 겨우 숨이 통할 정도로만 기문진 밖의 동태를 보니 답답함을 넘어 역정이 치밀어 올랐다.

그로 인해 신경이 날카롭게 섰을 때였다.

팡!

귀가 먹먹할 정도로 공기가 터지는 폭발음이 허진 바로 옆에서 들려왔다. 그와 동시에 느껴진 인기척에 허진은 일말의 생각도 없이 몸을 틀어 검을 휘둘렀다.

카강!

붉은 불꽃이 검과 하얀 막 사이에서 피어올랐다.

찌직 지지직!

하얀 막에 실금이 그어졌다. 그리고 얼마 가지 않아 흡사 유리병이 깨지듯 산산이 부서졌다.

"크윽!"

조각조각 파편이 되어 바닥으로 떨어지는 투명한 막 속에 마현이 얼굴을 잔뜩 찡그린 채 서 있었다. 허진의 검에 실드가 부서지면서 마나가 역류했다. 그 때문에 내부가 진탕되며 고통이 가해졌기 때문이다.

"스승님, 제자 마현입니다."

"혀, 현이냐?"

허진은 반가움에 마현의 이름을 불렀지만 한편으로 의심의 눈빛을 지우지 않았다.

그 이유는 지금 허진이 서 있는 곳이 다른 아닌 기문진 안이기 때문이었다.

"서두르셔야 할 것 같습니다. 생각보다 귀갑철마대와 유령대의 상태가 그다지 좋지 않습니다."

"그렇기는 하다만……."

허진은 수긍도, 그렇다고 부정도 아닌 애매모호한 말로 답했다.

"일단 이 요상한 진부터 없애야겠습니다."

마현은 투시 마법으로 기문진의 허상을 눈에서 지워 버리고 진상을 눈에 담았다. 그런 마현의 눈에 푸르른 기운이 아지랑이처럼 피어오르는 십여 개의 지점을 찾았다.

'저곳이 이 요상한 마법진의 주요 맥이렷다?'

마현은 서클 단전에서 마력을 끌어올렸다.

"파이어 버스트, 리터레이트!"

마현은 십여 개의 불덩이를 만들어 바로 발 앞에 쏘았다. 불덩이는 땅바닥에서 부딪힌 후 터지지 않고 땅속 깊숙하게 푹푹 파고들었다.

그리고 얼마 후.

쾅!

폭음이 터지며 온통 새하얗던 세상 한편이 일그러졌다.

쾅, 콰광, 콰과광—!

이어 조금씩 폭발하는 소리가 커져갔으며 공간 곳곳이 일그러졌고, 하얀 세상은 점점 장막을 거둬내듯이 사라졌다.

쐐애애액!

그렇게 되자 아무런 소리도 없이 허진의 목을 노리던 비수의 울음소리가 들렸다.

허진은 그 자리에서 한 바퀴 팽그르르 돌며 검을 휘둘렀다.

카강, 캉, 캉, 캉, 캉!

대여섯 자루의 비수가 허진의 검에 가로막혀 힘없이 바닥에 떨어졌다.

"으아아악!"

"크아악!"

동시에 십여 줄기의 불기둥이 사방에서 솟구쳤고, 그 아래

화마에 휩싸여 발버둥 치며 쓰러지는 제갈세가 무인들의 처참한 모습이 눈에 들어왔다.

"부교주님."

기문진 밖에서 피에 절어 악전고투를 펼치던 귀갑철마대가 재빨리 기문진이 펼쳐져 있던 안으로 들어와 허진을 감싸듯 보호했다.

"수고했소, 국 대주."

"대, 대공자이십니까?"

국충은 느닷없는 마현의 등장에 놀란 듯 눈을 크게 떴다.

"하 대주, 그대도 유령대를 뒤로 물리시오. 이제는 내가 맡겠소."

난데없는 마현의 명에 하강우는 허진을 쳐다보았다. 허진이 고개를 가볍게 끄덕이자 하강우는 유령대를 이끌고 뒤로 물러났다.

"스승님, 출혈이 심합니다."

위중한 상처는 없었지만 몸 곳곳이 암기에 베인 상처로 인해 허진의 옷은 온통 붉게 물들어 있었다. 그 모습에 마현의 눈가가 파르르 떨렸다. 다시 정면으로 고개를 돌리는 마현의 눈에서는 마기가 폭사되었다.

"이제부터 제자가 상대하겠습니다."

"오냐."

피를 많이 흘려서인 듯 허진의 얼굴은 많이 창백해져 있었다. 그가 고개를 끄덕이며 마현의 등 뒤로 한 걸음 물러섰다. 자연스레 마현의 등에 시선이 갔다.
 '저 녀석의 등이 저렇게나 넓었나?'
 허진은 앞으로 뚜벅뚜벅 걸어 나가는 마현의 등을 보며 대견해 하면서도 한편으로 서운한 감정이 생겼다.

제8장
다크 스켈레톤

다크 스켈레톤

 무극연환미혼진에서 가장 중요한 지점인 중궁(中宮)에 내력을 쏟아 붓던 제갈휘는 문득 등줄기를 타고 올라오는 오한에 재빨리 뒤로 물러났다.
 콰과광!
 깃발이 꽂혀 있던 중궁 지점의 땅이 불룩 솟아오르더니 용암이 터지듯 시뻘건 불길이 치솟아 올랐다. 그 열기가 얼마나 뜨거웠든지 근처에 있는 것만으로도 수염에서 노린내가 나고 무복 끝자락이 열기에 녹아 눌러 붙을 정도였다.
 하지만 그렇게 불길이 치솟은 곳은 제갈휘가 있던 그곳 한 군데가 아니었다.

무극연환미혼진을 활성화시키는 주요 방위인 팔괘와 구궁에서도 벽력탄이 터진 것처럼 강렬한 불길이 기둥처럼 하늘로 치솟아 올랐다. 그 불길에 휘말려 각 축을 담당하던 제갈세가의 무인들이 불타 한 줌의 재가 되며 죽어나갔다.

"무, 무슨 일이오?"

근처에서 기문진에 갇힌 허진을 죽이기 위해 개방 제자들을 재촉하던 불취개 역시 놀란 목소리로 허겁지겁 달려왔다. 그리고는 이내 뜨거운 열기에 낯을 찡그렸다.

불취개는 제갈휘에게서 그 어떤 대답도 듣지 못했다.

아니 듣지 않아도 제갈휘의 얼굴에서 드러난 표정이 그 어떤 대답보다 더 정확했다.

기문진에 대해 아는 것은 없었지만 대략 돌아가는 상황으로 보아 무극연환미혼진 내부에 문제가 생긴 것이 분명했다.

그렇게 생각하는 이유는 허진이 제갈휘마저 상상하지 못한 엄청난 힘으로 무극연환미혼진을 부숴 버리려고 했기 때문이다.

간발의 차이로 제갈세가 무인들이 기문진의 주요 축으로 달려가 내력을 쏟아 부었기에 망정이지 조금만 늦었다면 필시 허진의 힘에 부서졌을 것이다.

불취개의 생각이 맞았다.

안에서 무슨 일이 일어나는지 알 수 없었지만 밖에서 보았을 때 반투명하던 기문진 내부가 자욱한 먼지가 바람에 쓸려

가듯이 깨끗하게 변하고 있었다.

'하, 한 명이 아니다?'

불취개는 눈을 부릅뜨며 전면을 주시했다.

기문진이 완전히 사라지고 기문진 바로 밖에서 접전을 벌이고 있던 귀갑철마대가 안으로 뛰어 들어갔다. 그리고 밖에서 자신들을 견제하던 유령대도 뒤로 물러났다.

잠시 후 허진을 뒤로 물리며 한 사내가 앞으로 걸어 나왔다.

"네, 네놈은?"

모습을 드러낸 이는 바로 흑풍마군 마현이었다.

불취개는 불기둥이 치솟으며 제갈세가 무인들을 한 줌의 재로 변하게 만든 검게 그을린 구멍들을 쳐다보았다. 동시에 화산파에서 선보였던 마현의 놀라운 마공이 머리를 스치고 지나갔다.

제갈세가와 함께 공을 들이고 또 들여 펼친 대계가 성공을 바로 코앞에 두고 있었던 시점이었다. 그런데 마현의 등장으로 그것이 깨진 것이다.

불취개는 살기가 가득한 눈빛으로 마현을 노려보았다.

"오냐, 내 오늘 이 자리에서 뼈를 묻는 한이 있어도 네놈과 염라서생의 목을 따주마."

불취개는 허리춤에 차고 있던 푸른빛이 감도는 타구봉을 꺼내들었다.

"오늘 미친 개 두 마리를 잡아보자꾸나! 개방 제자들은 타구진(打狗進)을 펼쳐라!"

탁, 타탁, 탁탁탁…….

삼백이 조금 안 되는 개방 제자들이 저마다 타구봉과 비슷한 크기의 몽둥이를 꺼내 바닥을 두들기며 마현뿐만 아니라 허진과 귀갑철마대까지 겹겹이 에워싸며 원진을 구축했다.

그들은 거추장스러운 화산파와 기문진을 구성했다가 태반이 죽어나간 얼마 남지 않은 제갈세가를 뒤로 밀치듯 물러나게 했다. 그리고 몽둥이로 박자에 맞춰 바닥을 두들기며 정확한 의미를 알 수 없는 말을 일제히 중얼거리기 시작했다.

불취개 역시 타구진 안으로 뛰어들었다.

마현은 그런 불취개를 보며 한편으론 불쌍하다는 생각이 들었다. 바로 걸왕 때문이었다.

북해빙궁에서 걸왕을 만나 늦게까지 술잔을 기울였던 그날 새벽.

술에 취해 찾아온 걸왕은 횡설수설하며 불취개에 대한 걱정을 한 무더기 늘어놓은 후 술기운을 이기지 못하고 곯아떨어졌다.

왠지 의도적이라는 느낌이 강했지만, 오죽했으면 그렇게 했을까 싶기도 했다. 아마 걸왕 그 자신도 차마 대놓고 불취개를 한 번쯤 살려달라는 말을 하지 못해 그런 수를 썼으리라.

'나도 마음이 많이 약해졌군.'

마현은 손을 들어 가슴을 슬쩍 쓰다듬었다.

'이 몸의 원 주인의 성품 때문인가?'

과거 같으면 이런 생각 자체를 하지 않았을 것이다. 자신도 모르게 사람과 사람 사이의 정을 알아 버린 것이다. 학성과 허진으로 시작해, 설린을 걸쳐 걸왕까지……

"훗!"

마현은 옅은 웃음을 터트렸다.

이런 감정이 당혹스러웠지만, 그렇다고 꼭 나쁘다는 생각은 들지 않았다.

하지만 마현은 곧 웃음을 거두며 냉혹한 표정을 지었다.

'그래도 본인에게 날카로운 살기를 드러냈으니 죽이지는 않더라도 그에 합당한 대가는 치러야 할 것이다!'

"국 대주."

마현은 귀갑철마대주를 불렀다.

"귀갑철마대는 오로지 스승님만 보필하라!"

"명!"

"그건 하 대주, 유령대도 마찬가지다!"

마현은 국충과 하강우에게 명을 내리고는 타구진 앞으로 걸어 나갔다.

"주군."

허공에서 우려가 담긴 하강우의 목소리가 조용히 허진 곁으로 흘러들어갔다. 당연히 허진 바로 옆에 있던 국충 역시 마현의 명을 듣고 염려 어린 눈빛으로 허진을 바라보았다.

기문진이 부서진 이상 허진과 귀갑철마대, 그리고 유령대라면 어느 정도 위험과 타격은 입겠지만 충분히 이 자리에 있는 개방과 화산파, 그리고 제갈세가를 쓸어버릴 수 있었다. 물론 마현과 흑풍대의 전력이 가담했을 경우 그렇다는 것이다.
 평소 허진이라면 반드시 그렇게 했을 것이다.
 그런데 허진은 그렇게 하지 않고 오히려 뒤로 한 걸음 물러나 있었다.
 "그냥 뒤로 물러나 있으라."
 허진은 느낀 것이다.
 마현이 한층 성장한 것을.
 더욱이 위험하다 싶으면 그때 나서면 된다. 남은 것은 이제는 마현이 얼마나 성장했는지, 자신의 품에서 벗어날 준비가 다 되었는지 지켜만 보면 되는 것이다.
 씁쓸하지만 흐뭇한 눈으로 바라보고 싶은 것이 허진의 마음이었다.

 "미친개를 때려잡는 것이 거지가 해야 할 일이다!"
 살기가 더해지며 흥분에 휩싸인 불취개의 목소리에 마현은 낯을 찡그렸다.
 『네놈 때문에 북해까지 나를 찾아온 걸왕이 불쌍하군.』
 마현의 매직마우스에 덩실덩실 춤을 추듯 보법을 밟던 불취개의 발놀림이 엇갈리며 신형이 흐트러졌다.

"뭐, 뭐라고 하는 것이냐?"

불취개는 불신에 가득 찬 목소리로 소리를 버럭 질렀다.

"이놈, 간악한 세 치 혀로 본 방주를 농락하려는 것이냐?"

얼마 전 개방 제자가 올린 보고서를 통해 허진과 걸왕이 접촉한 사실을 떠올리자 목소리가 절로 격해졌다. 잔뜩 흥분한 걸왕은 거친 숨을 몰아쉬며 벌게진 눈동자로 마현을 노려보았다.

마현은 그런 불취개의 시선을 무시하며 흑풍대를 불렀다.

"흑풍대는 앞으로 나서라!"

바람에 무슨 색깔이 있을까 싶지만 분명 개방 제자들은 눈앞에서 검은색을 머금은 바람을 보았다. 바람이 멈췄다고 느낀 순간 마현 주위로 검은색 피풍의를 입은 서른 명의 흑풍대가 어느새 서 있었다.

"골강시들을 다루는 자들이다. 바닥을 조심하……."

불취개는 화산파에서 본 골강시를 떠올리며 타구진을 형성하고 있는 개방 제자들에게 재빠르게 주의를 주려 했지만 마현의 움직임이 그보다 더 빨랐다.

"어쓰퀘이크(Earthquake)!"

마현은 오른발을 크게 들어 바닥에 강하게 내려찍었다.

파방!

그러자 마현이 내딛은 오른발을 중심으로 강렬한 마력의 파장이 퍼져나갔다. 이어 타구진 때문에 뒤로 물러났던 화산파와 몇몇 살아남은 제갈세가 무인들은 물론이고, 개방 제자와 불취개마저 상상조차 하지 못한 후폭풍이 몰아쳤다.

콰르르르르르!

땅거죽이 쭉 밀려 올라가더니 거대한 파도처럼 요동치며 타구진을 형성하고 있는 개방 제자들을 덮쳤다. 하지만 그것은 7서클 마법의 어쓰퀘이크가 가진 진정한 힘의 시작일 뿐이었다.

콰크크크큭, 콰르르릉!

지축이 흔들리고, 땅이 갈라지며 폭죽이 터지듯 흙덩어리들이 사방으로 튀어 올랐다.

"으헉!"

마치 하늘의 재앙인 지진이 일어난 듯했다.

땅속에 어마어마한 양의 벽력탄을 묻어두었다가 터트린 것이 아닌가 의심이 들 정도였다. 사방을 뒤흔들며 튀어 오른 땅거죽은 타구진을 흔드는 것도 모자라 순식간에 깨트려 버렸다.

그나마 개방 제자 중 사결 이상은 신형을 유지했다지만 그 수는 절반도 채 되지 않았다. 대부분의 개방 제자들이 바닥에 뒹굴고 뒤집히며 터진 흙더미 속에 깔렸다.

"진정한 지옥을 보여주지!"

마기가 가득한 마현의 음습한 목소리가 그 위를 덮었다. 동시에 흑풍대원들의 눈에서 마기가 폭사되었다.

―캬캬캬캬캬!

―캬하하하하!

 갈라진 땅속에서 지옥에서 흘러나오는 듯한 음습한 귀성이 흘러나왔다.

"으으으!"

"다닥 다다닥!"

 그 귀성은 심력이 약한 자들의 혼을 집어삼키는 마성을 담고 있는 듯 내력이 약한 개방 제자들은 몸을 부들부들 떨며 신음했다.

 푹!

 삐죽 갈라진 땅속에서 검게 변한 손 뼈다귀가 불쑥 튀어나왔다. 그 검은 손뼈는 쓰러져 있는 개방 제자의 발목을 강하게 움켜쥐었다.

"으아악!"

 개방 제자가 공포에 비명을 지를 때 온통 검은 해골 하나가 갈라진 땅을 헤집으며 불쑥 튀어 올라왔다. 어지간한 사람보다 더 몸집이 좋은 검은 스켈레톤은 개방 제자를 머리 위로 번쩍 들어올렸다. 그리고는 손에 대롱대롱 매달려 있는 개방 제자를 향해 얼굴을 들이밀고는 입을 쫙 벌렸다.

―캬아아아아!

 스켈레톤은 온몸을 바르르 떨며 귀성을 터트렸다.

 뻥 뚫린 동공에서 시퍼런 귀기가 흐르는 안광이 번쩍였다.

"이, 이놈!"

그 근처에 있던 개방의 한 호법이 분노에 찬 일갈을 터트리며 스켈레톤을 향해 몸을 날렸다. 그 전과 달리 색깔이 새까맣게 바뀐 것이 께름칙했지만 이미 화산파에서 한 번 경험했던 터라 그다지 큰 경각심을 가지지 않았다. 하지만 일격에 스켈레톤을 부숴 버리고 개방의 제자를 구하기 위해 혼신의 힘으로 몽둥이를 휘둘렀다.

빠각!

강력한 일타가 스켈레톤의 등을 후려갈겼다.

스켈레톤은 상당한 충격을 받았는지 휘청거리며 앞으로 몇 걸음을 떠밀리듯 내딛었다. 하지만 개방 호법의 예상처럼 스켈레톤은 부서지지 않았다.

—캬르르르!

스켈레톤은 나직하지만 섬뜩한 흉성을 터트리며 들고 있던 개방 제자를 헌신짝 버리듯이 바닥으로 내동댕이치고서는 개방의 호법 앞으로 천천히 다가갔다.

"이, 이 요물!"

개방 호법은 다시 한 번 혼신의 힘을 다해 스켈레톤의 턱을 몽둥이로 후려쳤다.

빠각!

그 충격에 스켈레톤의 목뼈가 꺾이며 얼굴이 뒤로 돌아갔다. 스켈레톤은 천천히 손을 올려 돌아간 머리를 다시 앞으로 돌렸다. 그리곤 귀성을 터트리며 포효했다.

"히, 히익!"

바로 앞에서 귀성을 들으니 호법은 등골이 쭈뼛 서는 동시에 내부가 진탕되는 것을 느꼈다. 그러는 사이 스켈레톤은 손을 뻗어 호법의 머리를 움켜잡았다.

"으아악!"

―키키키, 키키키키!

스켈레톤은 달랑달랑 매달려 발버둥치는 호법을 보며 기괴한 웃음을 터트리고는 갈라진 땅거죽 사이로 내려찍었다.

"크아아악!"

그 우악스러운 힘에 개방 호법의 몸이 얼굴만 남긴 채 갈라진 땅 속에 막대기처럼 꽂혔다.

스켈레톤은 그런 개방 호법의 머리 위에 발을 얹으며 양팔을 들어 제 가슴을 마구 쳤고 다시 한 번 귀성을 터트렸다.

―캬아아아아아!

그 귀성은 땅바닥을 마구 두들겼다.

푹 푹 푹 푹 푹!

그러자 근 삼백 구에 달하는 검은 스켈레톤이 땅속에서 일제히 튀어 올라왔다.

"아아아악!"

"크아아악!"

동시에 개방 제자들의 비명소리가 전장을 가득 채웠다.

스켈레톤들이 손속에 자비를 두어서인지 전장에 피는 튀기지 않았지만 스켈레톤의 귀성과 무인들이 공포에 젖어 내지르는 비명소리로 인해 한 폭의 지옥도가 펼쳐지고 있었다.

신형을 유지하던 개방의 고수들이 삼삼오오 짝을 지어 스켈레톤을 향해 달려들며 저항했지만 그것도 한계가 있었다. 스켈레톤을 부숴 버리는 것도 전처럼 쉽지 않았고, 어렵게 부숴 버려도 전보다 더 빨리 제 모습을 갖추었다.

거기에 그 수만 해도 삼백이다. 개방 제자들의 수와 비등하니 타구진을 유지하는 것은 고사하고 얼마 시간이 지나지 않자 약한 자들부터 얼굴만 빼놓고 차츰 땅 속에 파묻히는 이들의 숫자가 늘어갔다.

"도, 도망쳐라."

그 모습에 기가 질리다 못해 공포심에 젖은 화산파와 제갈세가의 무인들은 달아나기 시작했다. 하지만 몇 걸음 도망치지도 못하고 다시금 공포에 떨어야 했다.

"피는 피로써 갚는 것이 마교의 율법이다. 월 오브 파이어!"

마현은 그들보다 먼저 플라이 마법을 이용해 소화산으로 들어가는 길목을 막아섰다.

그리고 등 뒤로 불로 이루어진 장막을 쳤다. 마현은 기껏 예닐곱 명 정도만 살아남은 제갈세가를 향해 살기를 일으켰다. 이글거리는 불길 속에서 뚜벅뚜벅 걸어 나오는 마현의 모습은 아수라처럼 보였다.

"검림의 술수에 넘어가 본교 군사와 내통하여 내 스승을 죽이려 했던 네놈들은 여기서 살아서 돌아가지 못한다!"

"네, 네가 어찌 그것을……. 헙!"

제갈휘는 마현의 말에 충격을 받아 그만 저도 모르게 진실을 실토하고 말았다.

"그, 그게 사실이오?"

이런 사실을 전혀 모르고 있던 화산파의 살아남은 무인들은 제갈휘를 향해 불신에 가득 찬 눈빛으로 쳐다보았다.

"거, 거짓이오. 저 마인의 간악한 술수요, 속지 마시오."

제갈휘는 말까지 더듬으며 변명했지만 화산파 무인들은 그 말을 믿지 않았다.

"제갈세가의 제자들은 뭣들 하는 것이냐? 저놈을 당장 죽이지 않고."

결국 마현을 죽여야만이 지금 드러난 사실을 덮을 수 있다고 판단한 것인지 제갈휘는 검을 뽑아 고래고래 고함을 지르며 명령을 내렸다.

챙 챙 챙 챙!

마현만 죽이면 어떻게 해서든 이 자리를 벗어나 목숨을 부지할 수 있다고 여긴 탓인지 제갈세가 무인들은 망설임 없이 단숨에 검을 뽑아들었다.

"이야압!"

"흐압!"

제갈휘를 필두로 제갈세가 무인들은 일제히 마현을 향해 몸을 날렸다.

마현은 그런 그들을 보며 냉혹한 웃음을 싸늘하게 지었다.

"윈드 커터, 리터레이트!"

쑤아아악!

수십 줄기의 날카로운 바람이 마현의 몸에서 쏘아져나갔다. 그 바람의 칼날은 여지없이 제갈세가의 무인들을 뒤덮었고, 그들의 몸을 피로 물들였다.

"죽어라!"

살을 내주고 뼈를 깎는다는 심정으로 마현의 공격을 몸으로 견디며 악착같이 다가온 제갈휘가 독기 어린 목소리를 터트리며 검을 휘둘렀다.

부우웅!

하지만 마현의 신형은 이미 그 자리에서 사라지고 없었다.

"이제부터 네놈들은 지옥을 보게 될 것이다!"

마현을 향해 돌진하던 제갈세가 무인들의 후미에서 차가운 목소리가 들렸다.

제갈휘는 헛바람을 들이마시며 잽싸게 마현을 향해 시선을 돌렸다. 원래 자신이 서 있던 자리에서 마현은 어느새 검은 마기를 몸에 두르고 있었다.

"블러드 데터네이션(Blood detonation)!"

마현은 상처 악화 마법에서 한 단계 발전한 혈폭 마법을 제갈휘에게 시전했다.

쾅!

그러자 제갈휘의 허벅지에 난 상처에서 폭발이 일어났다. 좀 더 정확하게 설명하자면 그의 상처에서 폭발이 일어난 것이 아니라 그 상처에서 흘러나오는 피가 폭발한 것이었다.

"크악!"

허벅지 반이 그 폭발에 날아갔다.

피가 터지고 살점이 뜯겨나간 제갈휘는 제자리에 서 있지 못하고 휘청거리더니 결국 바닥으로 주저앉듯 쓰러졌다.

쾅 쾅 쾅!

쓰러진 제갈휘의 몸은 몇 차례나 더 폭발했고, 그럴 때마다 지독한 고통에 휩싸여 비명과 함께 제갈휘의 몸이 용수철처럼 위로 튕겨져 올라갔다.

"으으으으."

간신히 목숨만 붙은 채 넝마처럼 변한 제갈휘는 붕어처럼 입만 뻥긋거리며 신음 소리만 간간히 낼 뿐이었다.

챙그랑.

그 참혹한 모습에 제갈세가의 무인들은 검을 버리더니 하나둘씩 도망치기 시작했다.

"이미 늦었다! 블러드 데토네이션, 리터레이트!"

마현의 손짓에 따라 마기가 사방으로 흩뿌려졌다.

쾅 쾅 쾅 쾅 쾅!

"크아아악!"

"사, 사람 살려!"

도망치던 십여 명의 제갈세가 무인들은 그 자리에서 피를 터트리며 단숨에 즉사했다. 마현은 마지막으로 고개를 돌려 겨우 숨줄만 잡고 있는 제갈휘를 향해 손을 뻗었다.

"헤비 그래버티(Heavy gravity)!"

제갈휘가 쓰러져 있는 공간이 일순간 일그러졌다.

파직!

제갈휘의 몸은 몇 만 근의 쇳덩이에 짓눌린 것처럼 온몸이 눌려 시신의 형체마저 완전히 뭉개지며 핏물로 변해갔다.

마현은 손을 거두며 구석에서 떨리는 손으로 검을 들고 있는 화산파 무인들을 쳐다봤다.

"너희들은 가도 좋다."

마현이 손을 휘젓자 그들의 후미를 완전히 가로막고 있던 화벽(火壁)이 사라졌다.

"어차피 너희들 역시 피해자이니······."

"저, 정말 우리를 살려서 보내 주시는 게요?"

살아남은 화산파 제자 중 가장 배분이 높아 보이는 한 중년인이 더듬더듬 어렵게 질문했다. 그 눈빛을 보니 마현의 말이 믿기지 않은 모양이다.

"반각이다. 그때까지 내 눈앞에 서 있다면 모두······ 죽인다!"

마현은 그 말을 끝으로 몸을 돌렸다. 마현의 시선이 향한 곳에는 스켈레톤들에게 둘러싸여 홀로 고군분투하는 불취개가 있었다.

망설이던 그 화산파 제자는 조용히 마현을 향해 포권을 취하고는 이내 동료들을 이끌고 황급히 그 자리를 벗어났다. 마현이 일말의 측은함이 생겨 그들을 살려준 것은 아니었다.

율기에 관한 일이 마무리되는 즉시, 검림과 제갈세가를 이 땅에서 지울 생각이었다.

그때를 위해서 조금이라도 적이 줄어드는 것이 좋았다. 제아무리 거리낌이 없는 마현이지만 정파 모두를 상대하기에는 조금 거북한 까닭이었다.

또 한편으로는 화산파로 인해 무림맹 내부에 분열을 유도할 마음도 있었다.

화산파 무인들이 자리를 떠나고 마현은 불취개를 향해 걸음을 내딛었다.

마현이 보여준 무위는 언제나 냉정함을 유지하던 허진의 눈마저 화등잔처럼 크게 만들었다.

이제 다 커서 자신의 품을 벗어나겠구나 싶었는데, 그건 완벽한 착각이었다. 다 큰 정도가 아니라 이제는 승부를 장담할 수 없을 정도로 마인 중의 마인이 되어 있었다.

마교를 떠난 지 대략 넉 달이 조금 넘는 시간이 흘렀을 뿐이다.

 그사이 기연을 얻은 것인지, 아니면 깨달음이 있었는지 마현은 달라져 있었다.

 더 이상 자신의 그늘은 마현에게 필요하지 않아 보였다. 아니 자신의 그늘은 오히려 마현이 하늘로 비상하는데 방해가 될 것이 분명했다.

 그것을 생각하자 쓴맛이 입안에서 맴돌았지만 한편으로 흐뭇했고 천하를 향해 '마현이 내 제자다'라고 외치고 싶은 욕구 또한 생겨났다.

 이게 성년이 된 아들을 바라보는 아비의 마음이 아닐까 싶었다.

 '허어……'

 허진은 꾸역꾸역 밀려오는 탄식을 애써 속으로 삭히며 하늘을 쳐다보았다. 눈이 시릴 정도로 새파란 하늘이었다.

 "스승님."

 허진은 마현의 부름에 고개를 내렸다.

 "무슨 일이냐?"

 "개방 방주 말입니다."

 "……?"

 "걸왕 선배도 있으니 제가 임의대로 처리하고 싶습니다."

 "네가 해결했으니 마음대로 하거라."

 "죄송합니다, 스승님."

자신을 향해 죄스러운 얼굴로 깊게 허리를 숙이는 마현을 보며 허진은 잡다하고 복잡한 생각을 모두 털어 버리고 그저 대견한 마음으로 흡족한 미소를 지었다.

허리를 편 마현은 다시 불취개가 있는 곳으로 걸어갔다.

마현이 다가가자 빼곡하게 둘러싸고 있던 스켈레톤들이 물러나며 길을 터주었다.

마현은 그 사이를 걷다가 갑자기 걸음을 멈췄다. 그리곤 미간을 살짝 좁히며 피식 웃음을 터트렸다.

"이놈! 죽이려면 어서 죽여라."

그 웃음을 불취기는 자신을 향한 조롱이라고 느낀 것인지 울분이 가득 찬 목소리를 터트렸다. 하지만 마현은 그런 불취개를 향해 나직하게 혀를 차며 시선을 돌렸다.

"감히 본 방주를 농락하는 것이냐?"

마현은 그 목소리에 인상을 찡그리며 한 곳을 주시했다.

"그렇게도 걱정이 되는 겁니까?"

"……"

마현이 바라보는 울창한 거목에서는 아무런 목소리도 흘러나오지 않았다.

"걸왕이냐?"

허진 역시 인기척을 느낀 모양이었다.

"스, 스승님? 믿을 수 없다. 스승님이 간악한 마인들과 한통속일 리 없다!"

불취개는 붉어질 대로 붉어진 얼굴로 고래고래 소리쳤다.
"에라이, 찢어 죽여도 시원찮을 못난 놈아!"
불취개의 목소리가 울려 퍼지자 고목 위에서 잎사귀가 서로 맞부딪히는 소리가 들리더니 걸왕이 아래로 툭 뛰어내렸다.
노기로 가득 찬 걸왕이 씩씩거리며 스켈레톤들을 강제로 밀치고 불취개 앞으로 걸어가더니 그가 들고 있던 타구봉을 빼앗아 들었다. 그리고는 앞뒤 가리지 않고 타구봉을 휘둘렀다.
퍽 퍽 퍽.
걸왕은 씩씩거리며 불취개를 한참이나 마구 때렸다.
불취개는 시뻘게진 눈동자로 걸왕을 노려보며 그가 휘두르는 몽둥이를 한 차례도 피하지 않았다. 몽둥이게 살이 터지고 머리가 깨졌지만 불취개는 석상처럼 요지부동이었다.
"이, 이놈이······."
더욱 화가 치민 걸왕은 수염을 부들부들 떨다가 타구봉을 땅바닥에 집어던졌다.
"사부! 내가 뭐 그리 잘못했다고 그러십니까?"
그 모습에 불취개는 발악하듯 울분을 토해냈다.
"정말 네가 무엇을 잘못했는지 모른단 말이냐?"
"모릅니다!"
"이, 이 녀석이 매를 버는구나!"
"그래, 때리십시오, 아니 차라리 제자를 죽이십시오."
걸왕은 바닥에 떨어진 타구봉을 다시 집어 들었지만 다시 휘두르지는 못했다.

"거지는 이 세상에서 가장 바닥의 인생을 사는 놈들이다. 그런 놈들의 우두머리가 권력에 눈이 멀어 하는 짓이 고작……."

"왜요? 왜요? 그게 뭐 잘못되었습니까?"

"이, 이 녀석이……. 알고 보니 헛똑똑이도 이런 헛똑똑이가 따로 없구나. 내가 너를 잘못 보았구나, 잘못 보았어."

"제자에게 언제 그런 거 가르쳐준 적이나 있으십니까?"

발악하는 불취개의 목소리에는 아픔이 묻어 있었다.

그 아픔이 걸왕에게 이어진 것일까?

탈그락, 탁탁탁.

손에 힘이 풀린 것인지 걸왕이 손에 쥐고 있던 타구봉을 놓쳤다.

"그래, 네 말이 맞다. 이제 와 내가 네게 무슨 말을 할까?"

힘없이 돌아서는 걸왕의 등이 문득 왜소하게 보였다.

"또 그리 가시는 겁니까?"

사연이 담긴 둘의 대화에 마현은 조용히 왕귀진을 불렀다.

"개방 제자들을 풀어줘라."

그리 명하고는 마현은 조용히 허진에게로 다가갔다. 그사이 지혈을 하고 금창약을 발랐는지 허진의 창백하던 안색에 약간이나마 혈색이 돌고 있었다.

허진의 상처는 중상이 아니었다.

깊지 않은 가벼운 검상들이었지만 그 수가 많다는 것이 문제였다. 그로 인해 피를 조금 과하게 흘린 것뿐이었다. 허진에게 있어서 이 정도 상처들은 언제라도 기꺼워하는 전장의 훈장과도 같았다.

하지만 마현은 그렇게 받아들이지 못했다.

마현은 처음으로 흑마법사가 된 것을 후회했다.

백마법사의 길을 걸었다면 치료 마법을 통해 허진의 상처를 단숨에 말끔히 고쳐줄 수 있으니 말이다.

"몸은 괜찮으신 겁니까?"

"고얀 녀석, 아직 네가 이 스승을 걱정하기는 이르다."

허진은 마현의 마음을 느끼자 코가 찡해졌다. 하지만 그렇다고 스승 노릇을 하지 않을 수는 없었다.

"그새 많이 달라졌구나."

허진이 마현의 어깨를 부드럽게 토닥거렸다.

"북해에서 생각지도 못한 큰 선물을 받았습니다."

"북해에서?"

"예."

"그렇구나……. 나중에 시간이 되면 그에 상응한 보답을 해야겠지."

허진은 북해빙궁주 설관악을 떠올리며 고개를 끄덕였다.

"그나저나 자리를 일단 피해줘야겠다."

허진은 걸왕과 불취개를 슬쩍 눈으로 가리키며 어색한 웃음을 지었다.

"본교로 최대한 빨리 복귀해야 할 듯싶습니다."

"걸왕에게 들었느냐?"

"그것 외에도 제자가 따로 알아낸 것도 있습니다."

"그건 돌아가면서 듣기로 하자."

허진은 곧바로 귀갑철마대주와 그사이 모습을 드러낸 유령대주에게 회군을 준비할 것을 명했다. 그에 마현도 흑풍대를 소집시켰다.

그렇게 그들이 막 소화산을 벗어나려는 때였다.

우우웅!

마현의 품에서 희미한 빛과 함께 마나에 의한 파장이 일어났다. 그 느낌에 마현의 안색이 굳어졌다.

"무슨 일이냐?"

허진은 그런 마현을 보고 의아한 표정으로 물었다.

마현은 품에서 한 장의 두꺼운 양피지를 꺼내들었다. 그 양피지는 혹시나 모르는 그 어떤 상황을 대비해 마교로 먼저 보낸 회회혈마에게 준 양피지와 한 쌍을 이루는 것이었다.

과거 마현이 하르센 대륙 전장에서 급히 연락을 취할 때 종종 사용했던 보고용 마법 스크롤이었다.

깨끗한 양피지에 글을 적은 후 찢으면 그 내용이 고스란히 다른 양피지로 공간을 넘어 그대로 복사되는 그런 마법 스크롤이었다.

마현은 서둘러 양피지를 펼쳤다.

교주님 중태.
하지만 삼공자와 율기를 제외하고 그 누구도 교주님을 알현하지 못함.
공식석상에서 교주님이 모습을 감추자마자 삼공자가 정체를 알 수 없는 자들을 등에 업고 소교주 자리에 오름. 군사 율기가 교주님이 삼공자를 공식 후계자로 하명했다고 천명함.
이공자의 반발.
그로 인해 기다렸다는 듯이 삼공자가 정체 모를 자들을 이용해 피의 숙청을 시작.
……중략…….

주군.
속하를 비롯한 두 장로와 가 당주, 무영대주 등이 모두 숙청 대상 일순위에 올랐습니다. 아마 주군을 뵙지 못할 것 같습니다. 죽음이라는 불충한 대죄를 짓는 속하를 용서하시옵소서.

회회혈마 배상.

현재 마교에서 일어난 일을 간결하게 쓴 후 회회혈마가 개인적으로 남긴 글이 양피지에 담겨 있었다. 양피지에 나타난 회회혈마의 글은 급히 쓴 것인지 매우 어지러웠다.
"율기, 이놈!"
부릅뜬 마현의 눈에서 가공할 만한 살기가 터져 나왔다.

귀림

　마교의 주인이 머무는 곳, 마휴당.

　평소 마휴당을 지키는 수마대는 없고, 그 정체를 알 수 없는 귀기를 뿜어대는 자들이 경계를 서고 있었다. 그로 인해 과거 패도적인 분위기가 흐르던 마휴당의 기운은 음침하게 바뀌어 있었다.

　마휴당 안에는 현 마교의 주인인 사공소의 침실이 있었고, 그 침실 한쪽에 난 무겁고 단단한 석문 뒤로 교주의 개인 연무석실이 있었다. 그곳은 오로지 단 한 명, 교주 사공소만이 들어갈 수 있는 금역이었다.

　연무석실 안 한쪽 벽.

그곳에 연무실과는 어울리지 않을 듯한 굵은 쇠사슬이 주렁주렁 매달려 있었다. 그리고 그 쇠사슬 아래 한 중년인이 피투성이가 된 채 앉아 있었다.

중년인은 단순히 쇠사슬에 포박되어 있는 것이 아니었다.

쇠사슬 중간 중간에 삐죽하게 솟아난 굵은 쇠침들은 중년인의 요혈 깊숙이 박혀 있었고, 쇠침이 박힌 요혈에서는 제대로 지혈조차 되어 있지 않아 피가 주르르 흘러내리고 있었다.

그 피는 쇠사슬을 타고 흘러내려 바닥을 끈적끈적하게 메우고 있었다.

봉두난발이 되어 흘러내린 머리카락 사이로 드러난 중년인의 얼굴은 피폐해질 대로 피폐해져 있었다. 하지만 눈빛은 서슬 퍼런 칼날처럼 살아 있었다.

그 중년인은 바로 마교의 주인이자 교주인 사공소였다.

"빠드득."

물조차 몇 날 며칠 입에 대지 못했던지 갈라지고 찢어진 입술 사이로 어금니 갈리는 소리가 섬뜩하게 흘러나왔다.

그그그극.

그때 개인 연무석실로 통하는 육중한 석문이 열렸다.

단 한 명만 출입이 허용된다는 사공소의 개인 연무석실 안으로 세 명의 인물이 나란히 들어왔다.

가장 선두로 들어온 것은 군사 율기였고, 그 뒤로 이제는 소교주 자리에 오른 도종극과 해골처럼 깡마른 장년인 한 명이 들어왔다.

"교주님, 오랜만입니다."

율기는 사공소 앞으로 다가가 쪼그려 앉으며 히죽 웃으며 하얀 이빨을 드러냈다.

조용히 눈을 감고 있던 사공소가 율기의 목소리에 눈을 떴다. 기경팔맥이 모두 막혔지만 그의 안광에서는 전처럼 절대자의 눈빛이 번쩍였다.

"곡기도 물도 끊은 지 벌써 보름입니다. 목숨이 제아무리 질기다고 해도 물마저 끊으면 살 수 없습니다."

율기의 목소리에는 사공소를 걱정하는 마음이 다분히 담겨 있는 듯했다. 하지만 그의 표정을 보면 그렇지 않았다.

찰랑 찰랑.

율기는 물이 담긴 호로병을 사공소의 눈앞에서 흔들었다.

철커덩 철컹!

사공소의 눈동자에서 살기가 번뜩이더니 율기의 목을 향해 손을 뻗었다. 하지만 사공소는 쇠사슬에 걸려 율기의 목까지 손을 뻗지 못하고 부들부들 떨었다.

쇠사슬이 박힌 채 그나마 아물어가던 상처가 다시 터지며 피가 줄줄 흘러내렸다.

"반드시 네놈의 피로 이 갈증을 풀 것이다."

사공소는 나직하지만 맹수의 울음소리처럼 으르렁거렸다.

"내가 뭐라고 그랬나? 말이 통하는 늙은이가 아니라고 했잖아."

 도종극은 짜증이 가득한 얼굴로 율기 옆으로 성큼성큼 걸어와 그가 들고 있던 호로병을 가로챘다. 그리고는 마개를 열어 사공소의 머리 위로 부었다.

 그 물은 사공소의 머리를 타고 눈으로, 코로, 뺨으로, 입술로 흘러내렸다. 심한 갈증에 입을 벌려 흘러내리는 물을 핥을 법도 하건만 사공소는 도종극을 노려볼 뿐이었다.

 "여전히 기분 나쁜 노친네야."

 도종극은 호로병을 구석으로 집어던지고는 사공소 앞으로 바싹 다가앉아 그의 턱을 손으로 움켜잡았다.

 "천마신공을 내놓던지, 아니면 불어."

 "크크크, 조막만 하던 놈이 많이 컸구나."

 사공소의 웃음소리는 그의 입술처럼 메말라 있었다.

 "아직 네 처지를 이해하지 못했구나!"

 도종극은 사공소의 턱을 거칠게 밀어버리며 손가락을 독수리 발톱처럼 오므렸다.

 회색빛 귀기가 도종극의 눈동자에서 어른거리더니 그의 손톱이 길게 삐죽 튀어나왔다. 손톱은 금방 날카로워졌으며 회색빛으로 물들었다.

 도종극은 사공소의 가슴을 매섭게 할퀴었다.

 사사삭!

 사공소의 눈이 부릅떠지며 얼굴이 위로 젖혀졌다. 머리부터 시작된 떨림은 목줄기를 타고 내려와 온몸으로 번졌다. 지독한 고통에 휩싸인 사공소였지만 신음 한 번 흘리지 않았다.

그의 몸을 따라 쇠사슬이 출렁거리며 엉키는 소리가 그의 신음을 대신했다.

"과연 십만 마교인의 주인이군."

그동안 조용히 상황을 지켜보던 깡마른 장년인에게서 갈라진 목소리가 흘러나왔다.

"됐다. 어차피 마교를 정리한 후 강시로 만들어 빼내면 된다."

"하지만 스승님."

"좋은 실험체가 상해서야 어디 쓰겠느냐?"

깡마른 장년인의 말에 도종극은 사공소를 노려본 후 물러났다.

사공소는 부들부들 떨리는 머리를 간신히 아래로 내려 그 장년인을 노려보며 입을 열었다.

"네놈은 누구냐?"

"클클클."

깡마른 장년인은 수염 하나 없는 턱을 쓰다듬으며 음산한 웃음을 내뱉었다.

"본좌는 귀림주 능자필이라고 한다."

귀림주 능자필은 선심을 쓴다는 표정으로 자신의 신분을 밝혔다.

"군사."

"예, 림주님."

"마교 대종사의 태사의에나 어디 한 번 앉아볼까?"

"소인이 안내를 하겠습니다."

"그거 좋지."

능자필은 거만하게 뒷짐을 지고 사공소를 한 번 흘겨보고는 개인 연무석실을 빠져나갔다.

"고루강시 제작은 어찌 되어 가느냐?"

"그간 마땅한 시신이 없어 제작하지 못했지만 이제는 문제가 없습니다."

귀림에서 제작할 수 있는 강시는 강함에 따라 고루강시, 묵혈강시, 철골강시 이렇게 세 종류다.

절정급 고수로 만든 묵혈강시와 삼류 무인이나 일반 양민으로 만든 철골강시와 달리 고루강시는 적어도 초절정 경지에 오른 무인으로만 만들 수 있었다.

그렇기에 묵혈강시와 철골강시는 암암리에 제작되어 이번에 투입되었지만 고루강시는 아니었다. 투입이 되지 않은 것이 아니라 못한 것이다.

그 이유는 그동안 운신의 폭이 좁았던 귀림으로서는 초절정 이상의 무인들을 찾기도 어려울뿐더러 그들의 시신을 빼돌리는 것은 거의 불가능했기 때문이다.

그래서 귀림이 마교를 장악하자마자 벌인 일이 바로 자신들을 반하는 자들 중 초절정급 이상의 마인들을 죽여 고루강시로 만드는 것이었다.

"현재 이공자 측인 오장로 염왕부와 팔장로 혈음검, 그리고 대공자 측의 삼장로 역천마도. 이렇게 세 구의 고루강시가 지금 연성 중에 있습니다."

"부족하다."

도종극은 칭찬을 받기 위해 뿌듯한 얼굴로 말했지만 돌아온 목소리는 그가 원하는 것이 아니었다.

"조만간 숙청 작업에 들어가면 모든 장로들을 고루강시로 만들 수 있을 겁니다."

"시일을 좀 더 앞당겨라."

"알겠습니다, 스승님."

"그리고 율 군사."

능자필은 고개를 끄덕이며 율기에게로 시선을 옮겼다.

"본좌가 말한 재료 준비는 모두 끝나 가는가?"

"예상보다 재료 양이 줄어든 탓에 삼사 일 정도면 모두 준비가 될 듯싶습니다."

율기의 말에 안 좋은 기억이 떠올랐는지 능자필은 얼굴을 잔뜩 찌푸렸다.

"빛 좋은 개살구라고 하더니……. 허명만 있는 무덤인 줄 누가 알았누? 에잉, 쯧쯧쯧."

능자필은 마교로 와서 가장 먼저 한 것이 네 명의 마도 영웅이 잠들어 있다는 마옹총을 파헤치는 것이었다. 시신이 비교적 온전하다면 자신의 모든 역량을 들여 천강시로 만들려고 했었다.

헌데 막상 마옹총을 파보니 단지 이름만 있는 무덤일 뿐 능자필이 원하던 시신은 없었다.

"그래도 싱싱한 철혈마제를 잡았으니 그걸로 만족해야겠지?"

능자필은 아쉬운 듯 입맛을 다시며 굳게 닫힌 사공소의 개인 연무석실로 들어가는 석문을 쳐다보았다.

"스승님, 이미 고루강시에 대한 모든 재료 준비는 끝마……. 설마?"

도종극은 고개를 갸웃거리며 말을 하다가 순간 말문을 닫고 능자필을 향해 눈을 화등잔처럼 크게 떴다.

"저 좋은 재료로 고작 고루강시를 만들 수 있느냐?"

"그렇다면……, 혹, 처, 천강시?"

도종극이 놀라는 이유는 바로 능자필이 만들려는 강시 때문이었다.

귀림에서 만들 수 있는 강시의 종류는 세 종류.

그중 가장 강한 것이 현재 장로들을 이용해 만들려는 고루강시였다.

고루강시만으로도 충분히 강했지만 능자필은 거기에 만족하지 않았다.

수십 년간 강시 제작에 심혈을 쏟은 결과, 몇 해 전 고루강시를 뛰어넘는 강시를 제작할 수 있게 되었다.

능자필은 그 강시를 천강시(天殭屍)라 명명했다.

천강시는 다른 강시와 달랐다.

그저 어떤 매개체를 이용해 단순히 꼭두각시처럼 조정하는 것이 아니었다. 또한 살아 있을 때 사용했던 무공을 고스란히 펼친다.

하지만 천강시의 무서움은 이미 인간의 경지를 벗어난 자의 몸을 이용해 강시를 만드는 것도 있지만 진정한 무서움은 그런 강시가 스스로 사고할 수 있다는 점이다.

그들은 그렇게 산 사람처럼 자유롭게 사고하는데, 눈을 뜨고 맨 처음 본 자에게는 맹목적인 충성을 한다. 또한 그 충성이 인간의 경우처럼 깨어지는 일도 결코 없다. 절대충성만이 있는 것이다.

도종극은 천강시를 본 적이 없다.

그렇다지만 능자필이 평소 허언을 하지 않음을 도종극은 익히 알고 있었다.

그를 통해 들은 천강시는 아마도 지상 최강의 무기가 될 터였다.

그러니 사공소를 이용해 천강시를 만든다는 소리에 도종극이 놀라지 않을 수가 없었던 것이다.

"클클클."

능자필은 입술을 비틀며 쇠가 부딪치는 것 같은 웃음소리를 내뱉었다.

"그리고 제자야."

"예, 스승님."

"염라서생 역시 꼭 잡아야 한다."

"그 말씀은……?"

"제아무리 만들기 어렵다는 천강시라도 최소 두 구는 있어야 하지 않겠느냐? 클클클."

"하하하하, 역시 스승님이십…… 컥!"

능자필은 자신을 따라 웃는 도종극의 목줄기를 단숨에 틀어쥐고는 얼굴 앞으로 바싹 당겼다.

"웃는 것은 네 마음이다만……."

능자필은 혀를 날름거리며 길어진 회색 손톱으로 도종극의 뺨을 쓰다듬었다.

"염라서생의 몸뚱이를 가져오지 못하면 네가 대신해야 할 것이야. 알겠느냐, 사랑스러운 나의 제자야?"

"컥컥! 아, 알겠습니다."

도종극은 공포에 찌들어 일그러진 표정 위에 애써 어색한 웃음을 덮으며 대답했다.

"역시 내 제자답구나."

능자필은 귀한 보물을 다루듯이 조심스럽게 도종극을 풀어주었다.

그 둘의 모습에 율기가 비릿하게 입꼬리를 말아 올렸다.

율기의 모습을 본 능자필이 도종극을 옆으로 밀치고 얼굴을 살짝 일그러트리며 뒷짐을 졌다.

"험, 험험."

율기는 능자필과 눈이 마주치자 헛기침을 내뱉으며 슬쩍 고개를 돌려 딴청을 피웠다.

끼긱 끽끽 끼이익!

능자필은 눈을 가늘게 뜨고 길어진 회색 손톱을 오므려 손바닥 안을 마구 긁었다. 흡사 날카로운 못이 강철판을 긁어대는 듯한 소름 끼치는 소리가 만들어졌다.

그 소리에도 율기는 못들은 척 딴청을 피웠다.

"바, 반드시 제자 스승님을 실망시켜 드리지 않겠습니다."

오히려 그 소리가 자신을 향한 것이라 착각한 도종극이 바닥에 엎드려 바르르 떨며 있는 힘껏 머리를 바닥에 찧었다.

도종극이 이렇게까지 낮게 엎드리는 것은 능자필이 이런 소리를 내는 것이 상당히 마음이 언짢아졌다는 뜻이고, 그 후에는 십중팔구 꼭 피를 보았기 때문이다.

"림주님!"

그때 방문이 활짝 열리며 마교의 사장로이자 귀림의 간세였던 흑살거부가 안으로 뛰어 들어왔다.

"무슨 일이냐?"

능자필의 가슴 속에서 웅크리고 있던 살기가 튀어나와 흑살거부를 덮쳤다. 그러자 흑살거부는 사시나무처럼 바르르 떨며 간신히 입을 열었다.

"……이, 이공자 사, 사공찬이 대장로 혈월마성을 대동한 채 교주님을 뵈어야겠다고…… 마, 마주전에서 시위를 벌이고 있습니다."

"사랑하는 제자야."

능자필은 바싹 엎드려 있는 도종극 앞으로 쪼그려 앉아 그의 머리를 긴 회색 손톱으로 쓰다듬었다.

"예, 예, 스승님."

"이 스승이 말이다. 어서 빨리 당당하게 마교의 태사의에 앉고 싶구나. 어차피 내가 앉아야 너도 앉게 되겠지?"

"명심하겠습니다, 스승님."

"그래, 그럼 나가 봐."

능자필은 자리에서 일어나며 율기를 쳐다보았다.

"내 제자가 며칠 내로 태사의에 앉혀 준다니 마주전은 다음에 가지."

능자필은 히죽 입술을 벌리며 웃었다.

"알겠습니다."

고개를 살짝 숙여 대답하는 율기를 향해 능자필은 귀신처럼 소리 없이 다가갔다.

"그리고 율 군사. 조심해. 난 검림주하고 달라."

능자필은 율기의 뺨을 톡톡 두들기고는 사공소가 사용하던 침소로 들어갔다.
 율기는 그런 그의 등을 보며 또다시 비릿하게 웃었다. 그런 그의 눈동자에서는 은은한 황금색이 맴돌다 사라졌다.

 한편 마휴당을 벗어난 도종극은 목 언저리 옷깃을 손가락으로 느슨하게 만들었다.
 "휴우."
 마치 물속에 빠졌다가 나온 사람처럼 막혔던 숨을 터트리는 도종극의 얼굴과 목은 땀으로 흠뻑 젖어 있었다.
 빠드득.
 도종극은 땀을 식히며 고개를 돌려 마휴당을 향해 이를 갈았다.
 "흑살거부."
 "예, 소림주."
 "아직까지는 보는 눈이 많다."
 "죄, 죄송합니다. 소교주님."
 도종극은 애꿎은 흑살거부에게 화풀이를 하듯 살기를 일으켰다.
 "아직도 못 찾은 것이냐?"
 "며, 면목이 없습니다."
 "분명 마현 그놈이 골강시 삼백 구를 가지고 교를 떠나지 않았어. 그렇다면 교 내부 어디에 삼백 구의 골강시를 숨겨두었다는 뜻인데……."

도종극은 입술을 자근자근 씹으며 중얼거렸다.

"속하의 생각으로는 마의당 내 어디이거나, 아니면 부마전에 숨겨두었을 확률이 큰 듯싶습니다."

"하긴, 아직까지 그 두 곳은 살펴보지 못했으니."

도종극은 애써 살기를 거두며 흑살거부에게 명을 내렸다.

"고루귀령과 사혼마령을 모두 소집하라."

"고, 고루귀령까지 말씀이십니까?"

귀림의 세력이 마교에 잠입해 삼공자의 직속 무력단체로 성공적으로 등장했다. 하지만 그건 어디까지나 사혼마령이라는 귀공(鬼功)을 익힌 귀인(鬼人)들이지 고루귀령은 아니었다.

고루귀령은 엄밀히 말해 무인이 아니었다.

물론 귀림의 귀공을 익히기는 했지만 그건 어디까지나 제 한 몸 지키기 위한 미미한 수준이었다. 고루귀령의 진정한 힘은 강시들이었다. 즉, 고루귀령은 강시를 조종하는 시술자인 것이다.

흑살거부가 이처럼 놀란 이유는 바로 그 때문이었다.

고루귀령이 나선다는 것은 귀림의 숨은 힘인 강시를 전면으로 내세운다는 뜻인 것이다.

"그 말씀은……?"

"길게 끌어봐야 좋을 것이 없다. 압도적인 힘으로 이공자와 대공자 측을 모두 숙청시키는 것과 동시에 교를 완벽히 장악해야지. 현재 철골강시와 묵혈강시가 몇 구씩 있지?"

"묵혈강시는 현재 오백 구가 있고, 철골강시는 이천 구 정도 있습니다."

"그만하면 단숨에 교의 주인을 바꿀 수 있겠군."

도종극은 고개를 끄덕인 후 흡족한 미소를 지었다.

"좋은 생각입니다, 소림주님."

그사이 율기도 마휴당을 나와 도종극과 흑살거부 사이로 다가왔다.

"하지만 좀 더 세세하게 계획을 잡는 것이 좋겠군요. 일단 현재 교를 장악하기 위해서 가장 먼저 제거해야 하는 이는 세 명입니다. 첫 순위는 이공자 사공찬, 그 다음이 대장로 혈월마성, 마지막으로 마의당주 가릉입니다. 일단 사공찬과 혈월마성은 교주와의 알현을 허락한다는 명분으로 마주전으로 부른 후 치면 될 것이고, 가릉은……."

율기는 이미 이런 일까지 염두해 둔 것인지 계략을 짜는데 막힘이 없었다. 그다지 길지도 않는 시간 동안 세부적인 부분까지 모두 짚고 넘어갔다.

워낙 완벽한 계략이라 도종극도 묵묵히 들으며 고개를 주억거릴 수밖에 없었다.

"과연 율 군사야. 흑살거부. 지금 당장 모든 귀림인에게 명을 내리라."

"알겠습니다, 소교주님."

흑살거부는 명을 받들며 몸을 돌렸다.
『반드시 마현 그놈이 부리는 삼백 구의 골강시를 찾아라.』
『명!』
도종극의 전음에 잠시 걸음을 멈췄던 흑살거부는 다시 걸음을 내딛었다.
그리고 도종극은 고개를 돌려 마휴당을 쳐다보았다.
'사부, 내 당신을 존경은 하오만……, 당신이 죽을 때까지 아등바등 살기 위해 몸부림치기는 싫소.'
도종극의 눈동자에서 귀기가 일렁이다가 사라졌다.
"후후."
그 모습에 율기는 나직하게 웃음소리를 내뱉었다.
도종극은 그 웃음소리가 거슬렸는지 율기를 향해 눈매를 찡그렸다.
"조심하셔야 할 겁니다."
"무슨 뜻이지?"
도종극의 찡그러졌던 눈매가 가늘고 날카롭게 변했다.
율기는 히죽 웃음을 지으며 도종극의 눈앞에 손가락 세 개를 펼쳤다. 그리고 속삭이듯 말했다.
"삼백."
그리고는 뒤로 물러나며 사근거리는 목소리로 다시 입을 열었다.
"아닙니까?"

"흠……."
"제가 보기에 림주님은 그리 호락호락한 분이 아니십니다."
"어떻게 알았나?"
도종극의 목소리는 싸늘하게 바뀌어 있었다.
"소림주께서 지금은 림주께 대공자의 삼백 구 골강시에 대한 얘기는 숨길 때라고 하면 이해가 되실는지 모르겠습니다."
도종극은 한참 동안 아무런 말을 하지 않고 율기를 쳐다보았다.
"율 군사는 누구 사람인가?"
"일단은……."
"일단은?"
"귀림 소속입니다."
"귀림 소속이라……."
율기는 지금 상황과 어울리지 않게 환한 미소를 지으며 몸을 돌렸다.
"그럼 이제 사공찬을 보러 가시지요."
"그러지."
율기를 따라 발걸음을 내딛은 도종극의 눈빛은 한없이 차가워져 있었다. 그렇게 변한 눈동자는 율기의 등에 꽂힌 채 벗어나지 않았다.

    *   *   *

 웅장하고 거대한 마교를 병풍처럼 두른 산.

 시퍼런 하늘까지 찌를 듯 가파르게 치솟은 거산들 중 한 정상에 마현이 서 있었다.

 마현이 딛고 서 있는 산 정상에서 사람이 온전히 딛을 만한 평평한 곳은 3장이 채 되지 않았다. 그것은 비단 마현이 서 있는 거산뿐만 아니라 그 옆으로 빼곡하게 치솟은 거산들도 마찬가지였다.

 병풍처럼 빼곡하게 들어선 거산들은 모두가 상상조차 할 수 없을 정도로 흡사 거대한 검을 뒤집어 땅에 꽂은 듯한 형상들이었다.

 그러니 천하의 그 어떤 무인이라도, 설령 역사상 고금 제일의 무인이라고 해도 이 천산을 넘어 마교로 들어가는 것은 불가능했다.

 그렇기에 모두들 마교로 들어가는 길은 호로병 입구와도 같은 천산 줄기 끝 협곡뿐이라 했다. 그것이 정설이었고, 누구도 부인할 수 없는 기정사실이었다.

 그런데 그 누구도 인간의 힘으로 넘어갈 수 없다는 천산 줄기의 어느 거산 봉우리에 마현이 서 있었던 것이다.

 삼 일이었다.

 허진에게 허락을 구하고, 흑풍대까지 남겨둔 채 오로지 텔레포테이션과 휴식만을 번갈아하며 이곳으로 왔다.

오자마자 운공을 해 고갈된 서클 단전에 마력을 다시 가득 채웠지만 삼 일, 그리고 허진에게로 가는 오 일까지 합해 근 팔 일 동안 제대로 눈을 붙이지 못해 몸이 많이 무거웠다.

잠시 눈이라도 붙이고 싶었지만 마현이 온 그 시점을 시작으로 갑작스럽게 부산스러워졌다. 워낙 먼 거리라서 자세한 상황을 알 수 없었지만 분명 일이 터진 것이 분명했다.

마현은 투명화 마법을 직접 몸에 시전하고는 플라이 마법을 이용해 허공으로 몸을 날렸다.

굳게 닫힌 마의당주실 아래 가릉의 지하연구실.

쾅 쾅 쾅!

석문을 두들기는 소리에 가릉은 내력을 일으켜 오른손에 독을 담았다. 그리고는 조용히 석문 쪽으로 다가갔다.

"누구냐?"

"가 당주. 나요, 회회혈마."

회회혈마의 목소리에 가릉은 안도의 한숨을 내쉬며 굳게 닫힌 석문을 열었다.

그그그극!

돌과 돌이 갈리는 소리와 함께 육중한 석문이 열렸다. 석문이 미처 다 열리기도 전에 회회혈마와 삼안혈화가 안으로 뛰어 들어왔다. 가릉은 고개를 내밀어 뒤에 따라붙은 자가 없는

지 확인한 후 다시 석문을 굳게 닫았다.

"무슨 일이오?"

헐떡이며 숨을 몰아쉬는 회회혈마의 모습으로 보아 무슨 일이 생긴 것이 틀림없었다.

"아무래도 오늘쯤 본교에서 큰 사단이 일어날 것 같소."

"사단이라니? 좀 더 자세히 말씀을 해보시오."

"조금 전 이공자가 자신의 독혈대를 이끌고, 대장로와 함께 마주전으로 향했소."

"흠……. 결국."

회회혈마의 말을 들은 가릉은 어두워진 얼굴로 침음했다.

"문제는 삼공자가 실력 행사를 할 것 같소."

"외부에서 들어온 자들이 움직이기 시작한 것이오?"

"그런 것 같소."

회회혈마는 좀처럼 숨이 돌아오지 않는지 두리번거리다가 석탁 위에 올려놓은 찻잔을 들어 벌컥벌컥 들이마셨다.

그때였다.

쾅 쾅 쾅!

다시 석문이 울렸다.

"가 당주님! 무영대주입니다."

무영대 역시 막 일어나는 혼란을 알아차렸는지 그가 찾아왔다. 무영대주가 들어와 한 말은 회회혈마와 별반 차이가 없었다. 굳이 차이를 찾자면 좀 더 세세하다는 것이었다.

"그래서 무영대는 어찌했느냐?"

"일단 모두 본교 밖으로 피신을 하라 했지만 쉽지 않을 것 같습니다."

"벌써 본교로 나가는 출입구가 막혔다는 뜻이냐?"

"그, 그렇습니다."

"크흠……."

가릉의 침음성은 더욱 커졌다.

"그런데 가 당주님, 그리고 장로님들."

그들을 부르는 무영대주의 얼굴이 더 어두워졌다.

"수하들을 대피시킨 후 이곳으로 오면서 보지 못한 인물들을 더 보았습니다."

"본교에 활보하는 이들 외에 더 있다는 뜻이냐?"

"그렇습니다. 그런데……."

무영대주의 하고자 하는 말은 그것이 아닌 모양이었다.

"어서 말해보라."

회회혈마가 무영대주를 다그쳤다.

"가, 강시를 본 것 같습니다."

"강시?"

너무 놀란 나머지 가릉은 큰 소리를 냈다.

"이곳으로 오면서 본 자들이 강시를 부리는 것 같았습니다."

"강시라니! 강시라니! 말이 되지 않는다. 네가 잘못 본 것이 아니더냐?"

 가릉은 도저히 믿을 수 없다는 표정으로 무영대주의 어깨를 잡고 흔들었다.

 "검은빛이 감도는 푸르스름한 그들의 피부에서 생기가 느껴지지 않았습니다."

 "아닐 것이야, 아닐 게야."

 가릉은 무영대주의 말을 애써 부정했다.

 "강시술이 실전된 지 몇 백 년 전이다. 강시술이 실전되지 않았다면 나타났어도 벌써 나타났을 것이야."

 "강시술이 나타났건 아니건 그게 중요한 것이 아니오, 가 당주."

 회회혈마가 둘 사이에 끼어들었다.

 "어찌되었든 모르는 자들까지 모습을 드러냈다는 것은 이공자로 인해 결국 칼을 뽑았고, 그 칼이 반드시 우리에게도 휘둘러진다는 것이오."

 가릉은 아무런 말도 하지 않았다.

 "우리들 누구 하나라도 몸을 보존해서 주군께 이런 사실을 알려드려야 할 것이오."

 회회혈마는 시선을 돌려 삼안혈화를 쳐다보았다. 삼안혈화는 딱딱해진 얼굴로 묵묵히 고개를 끄덕였다. 이곳으로 오기 전 둘이 모종의 말을 나눈 듯했다.

 "가 당주. 가 당주가 몸을 보존했으면 좋겠소."

"싫소이다."
"싫다니?"
"가려거든 이장로가 가시오."
 가릉은 생각조차 하지 않고 단칼에 회회혈마의 말을 잘라 버렸다.
"이 늙은이는 강시라는 것을 직접 눈으로 봐야겠소. 그러니 이장로가 가시오."
"허어······. 가 당주. 내가 갈 것 같으면 이곳으로 오지도 않았을 것이오. 그러니 가시오. 한시가 급하오."
 회회혈마가 끈질기게 설득했지만 가릉은 묵묵히 고개만 저었다.
"어서 몸을 내빼시라는데 왜 이리 말을 듣지 않는 게요?"
 회회혈마는 답답한 듯 가슴을 퍽퍽 쳤다.
"이미 죽을 날만 기다리는 이 늙은이가 고작 얼마 더 살자고 달아나서 뭐하겠소이까? 차라리 이장로가 어서 떠나시오. 또 그게 주군에게도 더 도움이 되지 않겠소이까?"
 쇠고집도 이런 쇠고집이 없었다.
"이미 삼장로도 생사를 알 수 없어졌소. 그러니 사단이 벌어지기 전에 어서 몸을 내빼시오."
"거 싫다는데 왜 자꾸 도망가라고 하시는가?"
 가릉은 버럭 화를 냈다.
"차라리 칠장로, 칠장로 그대가 내빼시게."

가릉은 자신에게 날아오는 화살을 칠장로 삼안혈화에게로 넘겼다.

"호호호, 그래도 되겠어요? 그럼 저야 좋지요."

간드러지는 그녀의 웃음소리를 들으며 가릉은 얼굴을 와락 구겼다. 말은 좋다고 하지만 웃음소리와 드러난 눈빛은 그와 정반대임을 알아차린 것이다.

언성이 높아졌다가 갑자기 정적이 찾아왔다.

하지만 잠시 후 누군가에 의해 정적이 깨어졌다.

"그럼 다함께 빠져나가면 될 것이 아닌가?"

기이한 것은 정적을 깨트린 목소리가 그들 넷이 아니라는 점이었다.

넷은 헛바람을 들이마시며 고개를 돌렸다.

"주, 주군."

가릉의 지하연구실 중앙에 서 있는 이는 다름 아닌 마현이었다.

"주, 주군!"

회회혈마는 눈물을 주르르 흘리며 마현을 향해 부복했다. 이어 삼안혈화도, 가릉도, 그리고 무영대주도 바닥에 엎드렸다.

"모두 일어나라."

마현의 말에 넷은 서둘러 자리에서 일어났다.

"강시에 대한 욕심은 여전하군."

"이 늙은 수하의 마지막 똥고집입니다."

가릉의 미소는 씁쓸했다.

"본인이 오다 무영대주가 본 강시를 보았다. 아마도 가 당주가 말하는 강시가 맞는 것 같더군."

"저, 정말 강시가 맞습니까, 주군?"

"생기가 없고 누군가에게 조종당하는 것을 강시라고 하지 않았나?"

"마, 맞습니다."

이쯤 되자 가릉 역시 강시의 존재를 부정할 수 없게 되었다.

"가 당주, 주군께서 이미 강시를 다루는데 왜 그렇게 강시에 대해 집착을 하시는 것이오?"

회회혈마가 궁금이 참을 수 없었던지 황급한 상황이었지만 가릉에게 물었다.

"보았지, 암 보았고말고. 하지만 이장로."

가릉은 회회혈마를 쳐다보았다.

"이 늙은이는 말이오. 직접 이 손으로 만들고 싶소."

가릉은 주름이 가득한 자신의 손을 내려다보며 말했다.

"원한다면 만들게 해주지."

가릉의 떨리는 눈동자가 마현에게로 향했다.

"빼앗아서 주지. 안 그래도 강시를 본 순간 가 당주, 그대의 얼굴이 떠올랐으니까."

"주, 주군!"

가릉은 굵은 눈물을 뚝뚝 흘리며 다시 바닥에 엎드렸다. 그가 지금 마현에게 할 수 있는 유일한 것이기 때문이다.

"대신 가 당주, 자네가 나에게 줄 것이 있어."

"목숨이라도 달라면 내놓겠습니다."

"어차피 그대의 목숨은 내 것이 아니었나?"

마현의 목소리에는 농이 들어 있었다.

"주, 주군."

가릉은 격한 마음에 마현의 농을 알아차리지 못한 듯 고개를 번쩍 들어올렸다.

"그대의 만년한옥과 만년온옥을 좀 쓰겠다."

마현은 구석에 놓인 몇 개의 관 앞으로 걸어갔다.

사실 마현이 가릉의 지하연구실로 온 이유가 바로 만년한옥과 만년온옥 때문이었다. 그러다가 운 좋게 수하들을 만난 것이다. 마현에게도, 그들에게도 천운이 아닐 수 없었다.

콰광!

마현은 주먹에 순수한 마력을 담아 석관을 후려쳤다.

석관은 마현의 주먹에 힘없이 부서지며 자욱한 돌먼지가루를 만들어냈다. 산산이 부서진 석관 잔해 속에서 마현은 큼직한 만년온옥과 만년한옥을 골라 근처 벽면에 걸린 커다란 주머니에 넣었다.

콰광 콰광 콰광!

그때였다.

석문에서 요란한 굉음이 들려왔다.

소란스러운 고함이 어렴풋이 들리는 것을 보아 밖에서 강제로 석문을 부수고 들어오려는 듯했다.

"벌써 이곳까지 왔군."

마현은 투시 마법으로 석문 밖을 쳐다보고는 서둘러 수하들을 자신 곁으로 모이게 했다.

"워프 네비게이션!"

마현은 수하들이 자신 곁으로 모이자마자 곧바로 단체 중단거리 순간 이동 마법을 시전했다.

콰르르륵!

순간 이동 마법으로 인해 강렬한 빛이 터졌을 무렵 지하연구실을 굳게 닫고 있던 석문이 부서졌다.

* * *

마력에 의한 강렬한 빛이 다시 터진 곳은 마교로 잠입하기 전 마현이 서 있던 천산을 이루는 한 거산의 정상이었다.

"으으으!"

순간 이동 마법으로 인해 현기증을 느끼고 속이 울렁거린 탓인지 다들 나직이 신음을 터뜨렸다. 하지만 촌각도 가지 못해 그 신음은 기겁으로 바뀌었다.

"헙!"

"허억!"

한 걸음만 삐끗하면 천애낭떠러지로 곤두박질을 쳐야 하는 거산의 정상에 자신들이 서 있다는 것을 깨달은 것이다. 하지만 고수들답게 재빨리 균형을 잡으며 마음을 다스렸다.

"무영대주. 본교 내에서 시선이 미치지 않는 곳이 있나?"

마현의 질문에 무영대주는 잠시 생각에 빠지는 모습이었다.

"몇 군데 있습니다만……, 어떤 목적으로 그런 장소를 찾는지 물어봐도 되겠습니까?"

"지금처럼 이렇게 상당한 인원이 본교로 들어가도 눈에 띄지 않는 장소여야 한다."

"그런 곳이라면 적당한 곳이 한 군데 있습니다."

"어디지?"

"본교 가장 후미진 곳이지만 어느 누구도 찾지 않는 곳. 바로 군마를 키우는 마구간입니다."

확실히 정보를 다루는 이답게 무영대주는 마현의 의도를 단숨에 간파했다.

'마구간이라……. 거기면 워프게이트를 만드는데 무리가 없겠군.'

마현은 흡족한 듯 고개를 끄덕였다.

"여기서 잠시 대기하고 있도록."

수하들이 미처 대답도 하기 전에 마현은 다시 모습을 감추었다.

마현이 다시 모습을 드러낸 곳은 무영대주가 말했던 마구간이었다. 마교 내부가 귀림으로 어수선해져서인지 마구간에는 말 이외에 일하는 이들조차 한 명 보이지 않았다.

"오히려 잘 되었군."

마현은 마구간 중에서도 지금은 사용하지 않는 곳으로 향했다.

오랫동안 쓰지 않고 손을 보지 않은 까닭인지 반쯤은 무너져 있었고, 군데군데 거미줄이 잔뜩 쳐져 있었다. 마현은 먼지가 풀풀 풍기는 마구간 안으로 들어가 몇 가지 간단한 마법으로 중앙을 일 장 가량 깨끗하게 만들었다.

그리고는 품에서 만년한옥과 만년온옥을 꺼내들었다.

생각 같아서는 전처럼 두 개의 만년한옥과 온옥을 합쳐 온전한 마나석으로 만들고 싶었지만 지금은 그럴 여유가 없었다. 그 대신 음양이 모여 하나의 태극이 된다는 음양설에 입각해 만년한옥과 온옥을 번갈아 쓸 생각이었다.

그렇게 되면 서로의 기운이 충돌하여 반영구적으로 쓰지 못할 뿐 아니라, 몇 차례 사용하면 워프게이트 마법진이 깨어질 테지만 별로 상관없었다.

마현은 심혈을 기울여 마력에서 내력, 즉 마나를 뽑아 정성스럽게 마법진을 그려나갔다. 물론 이런 방법 역시 반영구적으로 쓸 수 없는 소모성 마법진이었다.

그렇게 일 각 가량 정성스럽게 워프게이트 마법진을 모두

그린 마현은 잘게 쪼갠 만년한옥과 온옥을 마법진 곳곳에 박아 넣었다.

우우우웅!

작업이 끝나고 마현이 워프게이트 마법진에 가볍게 마력을 주입하자 자그만 진동과 함께 공명하는 소리가 은은하게 퍼졌다.

"이만하면 족히 십여 회 이상 사용할 수 있겠군."

사실 십여 회 이상 사용할 필요도 없었지만 만에 하나 안전을 위해 좀 더 공을 들여 튼튼하게 만들었다.

마법진이 완성되자 마현은 바람을 일으켜 마구간 안을 다시 지저분하게 만들었다. 구석으로 밀려 방치되었던 썩은 오물과 짚들이 마구간 바닥을 어수선하게 만들었다.

누가 보아도 사람의 흔적을 찾을 수 없게 된 마구간을 보며 마현은 플라이 마법을 이용해 허공으로 날아올라갔다.

'이제 교주님의 신변 확보만 남았나?'

마지막 하나 남은 일이었지만 사실 가장 중요한 일이기도 했다. 그렇게 마현이 향한 곳은 마주전이었다.

제10장
강시 VS 언데드

강시 VS 언데드

"갈!"

사공찬은 자신에게 마치 관절이 굳은 사람처럼 뻣뻣한 몸으로 다가오는 한 인영을 향해 검을 휘둘렀다.

캉!

분명 검으로 푸르스름한 검은빛이 감도는 인영의 목을 정확히 베었다. 하지만 상당한 공력을 들인 일검이었음에도 불구하고 겨우 살갗을 살짝 벴을 뿐이었다.

이상한 것은 분명 살을 갈랐는데도 피가 흘러나오지 않는다는 것이었다.

"으아악!"

그러는 사이에도 자신의 피와도 같은 독혈대원 하나가 시뻘건 피를 사방으로 뿌리고 비명을 지르며 죽어갔다.

사공찬은 어금니가 부서지도록 턱을 꽉 다물었다.

마주전 안을 가득 채운 살기는 오로지 사공찬과 대장로 혈월마성, 그리고 독혈대원들의 것뿐이었다. 스멀스멀 다가오는 놈들은 살기도, 기척도, 심지어는 생기도 느껴지지 않는 요물들이었다.

처음에는 뒤틀린 심사로 인해 앞뒤 가리지 않고 덤빈 탓에 몰랐다.

하지만 싸움이 이어지고 마음이 싸늘하게 가라앉은 지금 사공찬은 자신과 독혈대를 꾸역꾸역 에워싸고 있는 놈들이 살아 있는 인간이 아님을 알아차렸다.

강시였다.

그제야 사공찬은 멀찌감치 떨어져 가느다란 피리를 입에 물고 있는 이들을 발견했다.

강시들을 조정하는 자들임을 알아차렸지만 빼곡하게 둘러싼 강시들로 인해 그들에게 다가가기란 너무나도 힘든 상황이었다.

"소주군, 소주군만이라도 몸을 빼셔야 합니다."

사공찬을 지키기 위해 누구보다 더 많이 검을 휘두른 혈월마성은 온몸이 피투성이가 된 채 옆으로 바싹 다가와 붙었다.

혈월마성의 말에 사공찬은 입술을 꽉 깨물었다. 윗니가 피에 물들도록 깨물었지만 분한 마음으로 인해 부들부들 떨리는 입술은 멈춰지지 않았다.

"뭐라고 그랬더라?"

그때 태사의 쪽에서 도종극의 목소리가 들렸다. 사공찬은 자신을 조롱하는 듯한 그 소리에 눈을 부릅뜨고 그를 노려봤다.

도종극은 마주전의 가장 상석인 태사의에 무릎을 꼬고 앉아 있었다.

"본교의 절대 원칙, 강자가 군림한다…… 였죠? 낄낄낄."

도종극은 태사의에서 일어났다.

"그래서 제가 뭐라고 그랬습니까? 발정난 암캐처럼 짖지 말라고 그리 말씀을 드렸는데……."

도종극은 태사의를 받치고 있는 단상에서 천천히 걸어 내려왔다.

"아버지는 어찌한 것이냐?"

사공찬은 애써 분기를 가라앉히며 물었다.

"아버지? 낄낄낄, 이거 사형에게서 아버지라는 단어를 들을 줄은 몰랐습니다."

"이, 익……."

"궁금하십니까?"

도종극의 질문에 사공찬은 그저 이를 빠드득 갈며 노려볼 뿐이었다.

짝!

도종극은 비릿하게 웃으며 박수를 탁 쳤다.

"제아무리 미워도 부자지간의 정이라…… 낄낄낄."

도종극의 머리가 상당히 빨리 돌아갔다.

'천마신공에 마현 놈의 골강시 삼백 구면…….'

도종극의 입술이 뒤틀렸다.

"사형을 보니, 계획을 조금 바꿔야겠습니다."

도종극은 강시들을 조종하는 고루귀령들에게 고개를 돌렸다.

"사형을 제외하고 모두 죽여라."

그 명에 피리를 물고 있던 고루귀령들의 뺨이 불룩해졌다. 피리 소리가 변하자 사공찬과 그 일행들 주위에서 서성거리던 강시들이 다시 그들에게 몰려 들어가기 시작했다.

멀찌감치 떨어져 불난 집 구경하는 구경꾼처럼 그 상황을 지켜보던 율기가 피식 실소를 터트렸다.

하지만 곧 자신과 관계없는 일이라고 여긴 것인지 다시 무심한 표정을 돌아갔다.

'응?'

비릿한 피 냄새에 인상을 찌푸리며 천천히 부채질을 하던 율기의 미간이 좁아졌다.

왠지 느낌이 이상했던 것이다. 날카로운 눈으로 고개를 번쩍 들어올린 율기는 천장을 한 군데도 빠짐없이 세세히 살폈다.

 '피 냄새 때문에 신경이 예민해진 건가?'

 율기는 얼굴을 구기며 살랑살랑 흔들던 부채를 격하게 부쳐댔다.

 잠시 후, 율기가 천장에서 눈을 뗐을 때 천장의 한 기둥 위에서 먼지가 우수수 떨어졌다.

 거기에는 한 사내가 무공의 고수라도 쉽게 눈치채지 못할 만큼 은밀하게 잠입해 있었다.

 마구간에서 워프게이트 마법진을 설치한 후 마주전으로 향했던 마현이 투명화 마법과 함께 하이드 마나 포스 마법(Hide mana force; 마나은폐 마법)으로 마주전 천장 위에서 몸을 감추고 있었던 것이다.

 마현은 기가 막혔다.

 율기가 무공을 익히고 있었던 것이다.

 그것도 단순히 수신을 위해 익힌 정도가 아니었다. 자신의 위치를 정확히 꿰뚫어볼 정도로 엄청난 고수다. 급히 마나은폐 마법을 펼치지 않았다면 분명 율기는 자신의 기척을 찾아냈을 것이다.

 가슴 저 밑바닥부터 살심이 꾸역꾸역 올라왔다. 하지만 마현은 참을 인(忍)자를 마음속으로 새기며 애써 살심을 숨겨야 했다.

 '조금만 기다려라, 곧 네놈의 목을 쳐주겠다. 그리고 혼백

이 되면 네 혼백마저 지워 버릴 것이다.'

마현은 마주전에서 다시 모습을 감추었다.

'마주전에 교주님이 없다면 마휴당에 있을 것이다.'

마현은 율기를 의식해 더욱 조심스럽게 마휴당 지붕으로 올라갔다.

"누구냐!"

막 지붕 위에 발을 디디는 순간 마휴당 내에서 일갈이 터졌다.

'헙!'

마현은 헛바람을 들이마시며 재빨리 허공으로 몸을 띄웠다.

콰과과광!

강한 폭음과 함께 마휴당 지붕의 기왓장이 터져 사방으로 비산했다. 강력한 일장에 터진 지붕에는 커다란 구멍이 생겨났다.

커다란 구멍 사이로 뼈마디가 앙상한 장년인이 눈에 들어왔다.

마현은 그자에게서 자신과 비슷하면서도 다른 죽음의 향기를 느낄 수 있었다.

죽은 자들에게서나 흘러나올 법한 사기로 가득 차 있으면서도 생기가 있는 걸 보면 강시는 아닐 것이다.

그러나 문제는 그것이 아니었다.

서클 단전의 마력을 갈무리하고, 거기에 마나은폐 마법까지 더해 철저하게 자신의 모습을 감췄다. 그럼에도 구멍 사이로 보이는 빼빼 마른 장년인은 자신의 위치를 정확하게 파악한 것이다.

'우위를 점칠 수 없을 정도로 강한 자다!'

새로 나타난 자는 귀림주 능자필이었다.

마현은 자신을 빤히 쳐다보는 능자필을 보며 마른침을 삼켰다. 마현은 아주 느리게 플라이 마법을 이용해 옆으로 반걸음 비켜났다.

능자필이 여전히 자신이 떠 있던 허공을 쳐다보는 것으로 보아 다행히 온전히 들키지는 않은 듯싶었다.

파방!

한참이나 허공을 바라보고 있던 능자필은 사기가 가득한 일장을 다시 허공에 격발시켰다.

섬뜩한 기운이 허공에 몸을 숨기고 있는 마현 바로 옆을 스쳐 지나갔다.

"흠……."

능자필은 고개를 잠시 갸웃거리며 길게 솟아난 뾰족한 손톱으로 뺨을 긁었다.

"이상하군."

그런 후에도 한참이나 더 허공을 바라본 후에야 시선을 아래로 내렸다.

그가 다시 침상 위에 눕는 모습에 마현은 안도의 한숨을 내쉬었다. 긴장으로 마현의 등은 어느새 땀으로 축축하게 젖어 있었다.

'일단 교주님을 무사히 탈출시키는 것이 더 중요한 일이니……'

마현은 그 자리에서 움직이지 않고 서클 단전에서 마력을 끌어올려 눈에 집중시켰다. 그렇게 투시 마법을 펼친 마현은 마휴당 내부를 샅샅이 살폈다.

그러던 어느 순간 마현의 눈빛이 반짝였다.

'찾았다!'

교주의 개인연무석실 안에서 쇠사슬에 묶여 있는 사공소를 발견한 것이다.

사공소의 상태를 확인한 마현의 안색은 그다지 좋지 않았다.

사공소가 피폐한 모습으로 쇠사슬에 묶여 있어서가 아니었다. 사공소가 있는 바로 옆에 자신을 극도로 긴장시킨 능자필이 있다는 점 때문이었다.

'만일 저 안으로 텔레포테이션을 펼친다면 마력의 파동을 알아차릴 것이 분명하다.'

사공소를 탈출시키려면 분명 무슨 수를 써야 한다.

마현은 투시 마법을 이용해 사공소의 개인연무석실을 좀 더 세세하게 살폈다.

그때 마현의 눈에 띈 것은 견고하고 두꺼운 석문이었다. 어지간해서는 뚫기 어려워 보이는 문이었다.

 그 석문은 사람의 힘으로 열고 닫는 것이 아니라 기관으로 움직이는 것이었다.

'잘 되었군.'

 마현은 천천히 서클 단전에서 마력을 끌어올렸다. 그리고 마력이 전신을 휘감자마자 텔레포테이션 이용해 연무석실 안으로 순간이동했다.

"누구냐……."

 사공소가 마현의 인기척에 고개를 들며 갈라진 목소리로 물었다. 하지만 마현은 사공소에게서 등을 돌린 채 석문을 보고 있었다.

 화르륵!

"파이어 볼!"

 마현의 손에서 주먹만 한 불이 만들어졌다. 마현은 화구를 손에 든 채 석문 바로 옆 벽면을 주시했다. 정확히 말하자면 마현은 벽면을 바라보는 것이 아니라 벽 속에 숨어 있는 톱니바퀴들을 보고 있는 것이었다.

"블링크!"

 화르르―

 마현의 손 위에서 일렁거리던 파이어 볼이 마치 불씨가 퍽 꺼지듯 사라졌다.

 콰직!

그리고 무언가가 부서지는 소리가 연무석실 벽면에서 은은하게 들려왔다.

움직이는 물체나 사람에게 시전한다면 어림도 없을만한 마법 조합이었다.

하지만 단순히 벽면 속에 고정된 톱니바퀴를 파괴하는 것이었고, 또한 블링크를 시킨 파이어 볼도 4서클의 하위 마법인 까닭에 성공한 것이었다.

"누구냐?"

다시 마현의 등 뒤에서 사공소가 갈라진 목소리로 힘없이 물었다.

그제야 마현은 사공소 앞으로 뛰어갔다.

"괜찮으십니까?"

"……대공자로구나."

사공소는 몇 날 며칠 곡기뿐 아니라 물까지 끊은 상태라 그런지 눈의 시력이 상당히 나빠진 모양이었다.

"조금만 참으십시오."

마현은 뒤로 물러나며 서클 단전에서 마력을 끌어올렸.

굵은 쇠사슬은 총 다섯 개였다.

쾅 쾅 쾅!

그렇게 쇠사슬을 살필 때 마현의 예상대로 연무석실 밖에서 석문을 두들기는 소리가 들려왔다. 그 충격에 석문이 파르르 떨렸고, 그 여파로 인해 석실 벽면이 울리며 돌가루가 천장에서 우수수 떨어졌다.

자신이 판단한 능자필의 능력으로도 시간이 제법 걸리겠지만 충분히 석면을 뚫을 수 있을 것이다. 하지만 그 정도 시간이면 마현에게는 충분했다.

마현은 윈드 커터를 중첩해 위력을 배가시켰다.

쐐애애액!

다섯 줄기 바람의 칼날이 쇠사슬로 날아갔다.

서걱! 촤르르르 철커걱!

쇠사살은 반으로 잘려 바닥으로 떨어졌다.

"큭!"

쇠사슬이 떨어질 때 사공소의 요혈에 박힌 침까지 흔들며 고통을 주었는지 그의 입에서 미약하지만 외마디 신음성이 흘러나왔다.

마현은 앞으로 고꾸라지는 사공소를 얼른 다가가 안았다.

그리고 그에게서 풍겨지는 지독한 악취에 미간을 좁혔다. 단지 그 냄새 때문이 아니었다. 침이 요혈에 박힌 상처 부위가 썩어가고 있었기 때문이었다.

마현은 어느 정도 시간 여유가 있다고 판단하고 사공소의 요혈에 박힌 쇠침을 제거하려 손을 뻗었다.

콰과과광!

그때 굉음과 함께 석문이 부서졌다.

석문은 몇 덩이의 커다란 돌덩이가 되어 와르르 무너졌고,

온몸에 살기와 함께 사기를 두른 능자필이 안으로 들어왔다.

"쥐새끼가 잘도 돌아다니는구나!"

마현이 예상했던 것보다 빠른 전개였다.

"어떻게 생긴 놈인지 잡아서 살가죽을 벗……."

능자필은 거대한 물체로 다시 앞이 막히자 말을 끝까지 하지 못했다.

신형을 띄우는 능자필에 앞서 마현은 서클 단전에서 마력을 끌어올렸다.

"월 오브 락(Wall of rock)!"

마력이 연무석실 바닥으로 스며들었다.

콰르르르르!

연무석실 바닥이 잠시 흔들리는가 싶더니 바위로 된 벽이 불쑥 튀어 올라왔다. 이렇게 일차적으로 능자필을 가로막은 이유가 있었다.

만일 다급한 마음에 텔레포테이션을 펼쳤다가는 비틀린 공간 안에 갇혀 버리면 생사를 장담할 수 없기 때문이다.

혹여나 성공을 한다고 해도 능자필까지 순간이동이 될 확률이 컸다.

"쥐새끼가 재미난 장난을 치는구나!"

거대한 석벽 너머로 능자필의 목소리를 들으며 마현은 수하들을 남겨 놓고 왔던 천산의 어느 거산 정상으로 텔레포테이션을 시전했다.

콰과과광!

환한 빛이 뿜어졌다가 사라졌다. 그와 동시에 석면이 다시 부서지며 자욱한 돌먼지가루가 연무석실 안을 가득 채웠다.

"이제 네놈의……."

득의양양하게 부서진 석면을 밟고 넘어오는 능자필은 말을 끝까지 잇지 못했다.

당연히 벽 뒤에 있을 것이라 예상하던 사공소와 마현의 모습이 온데간데없이 사라진 까닭이다.

능자필은 당황하며 주위를 살폈다.

분명 어딘가에 숨어 있을 거라 여겼다. 하지만 어디에서도 그들의 흔적을 찾을 수 없었다.

"으아아아아!"

분노에 찬 능자필의 사악한 음성이 석실을 쩌렁쩌렁 울렸다.

* * *

철퍼덕!

피가 고인 대리석 바닥 위로 사공찬의 무릎이 강제로 꿇려졌다.

"죽여라!"

수많은 상처로 인해 몸을 부들부들 떨면서도 사공찬은 여전히 죽지 않는 눈빛으로 도종극을 올려다보며 독기를 내뿜었다.

도종극은 슬쩍 고개를 돌려 율기를 쳐다보았다. 눈이 마주친 율기는 싱긋 웃음을 보이고는 모른 척 대전을 나갔다. 율기가 나가자 도종극은 안도의 눈빛을 띠며 다시 사공찬에게로 관심을 돌렸다.

그가 사공찬 앞으로 걸어가 쪼그려 앉았다.

"사형, 그럴 수는 없습니다."

"……."

"사형이 죽으면 천마신공을 얻기가 좀 곤란해지거든요."

도종극은 비열하게 웃었다.

"나를 죽여라! 아니면 반드시 네놈의 살과 피를 갈아서 마셔 버릴 것이다."

"낄낄낄. 어디 기대해 보겠습니다. 나를 죽일 수 있는지."

비릿한 웃음이 걷히며 도종극의 얼굴과 목소리가 차갑게 굳어졌다.

푹!

"컥!"

갑자기 사공찬의 눈이 부릅떠지고 드러난 눈동자는 고통으로 요동치고 있었다. 그런 사공찬의 허벅지에 자그만 단도가 꽂혀 있었다.

도종극은 다시 웃음을 머금으며 사공찬 앞으로 얼굴을 바싹 내밀었다. 그런 그의 손은 허벅지에 박힌 단검을 이리저리 후비고 있었다.

"크으으으!"

사공찬은 지독한 통증에 얼굴에 피가 몰리고 관자놀이와 이마에 힘줄이 불룩 튀어 올랐다.

"소교주님."

그때 부마전으로 갔던 흑살거부가 대전 안으로 뛰어 들어왔다.

도종극은 허벅지에 박혀 있던 단검을 뽑아 사공찬의 어깨에 피를 닦았다.

"찾았느냐?"

도종극의 목소리는 기대감에 은근히 떨리고 있었다.

"죄, 죄송합니다."

원하던 대답이 아니었다.

"제대로 찾아본 것이냐?"

도종극은 신경질적으로 버럭 소리를 질렀다.

"부마전을 비롯해 흑풍각, 그리고 마의당까지 속속히 찾아봤지만 그 어디에도 없었습니다."

일이 틀어지자 도종극의 눈두덩에서 경련이 일어났다.

"그곳에 없다면 다른 곳도 찾아봐야 할 것이 아니냐!"

"하, 하오나 아직까지 보는 눈들이 많아 그리할 수 없었습니다."

비록 도종극이 소교주 자리에 올랐지만 완전히 마교를 장악하지 못했다. 지금 이렇게 사공찬과 대장로, 그리고 마현의 수하들을 피로 숙청한 것은 어디까지나 명분이 확실했기 때문이다.

하지만 여전히 이 상황을 조용히 지켜보고 있는 눈들이 많았다.

흑살거부는 지금 그런 현 상황에 대해서 말한 것이었다.

그 말이 틀리지 않았기에 도종극은 입술을 잘근잘근 씹어대며 눈동자를 빠르게 굴렸다.

'삼 일 후쯤이라고 했지?'

도종극은 사공소를 강시로 만들기 위해 재료를 모으는데 삼일의 시간이 필요하다고 했던 율기의 말을 떠올렸다. 그가 여전히 독기 어린 눈빛으로 자신을 쳐다보는 사공찬을 내려다보았다.

'일단 천마신공만이라도 먼저 얻어야겠어.'

"일단 이공자를 남들의 눈에 띄지 않는 곳에 가둬라."

"마의당주의 지하연구실이면 딱 적당할 것 같습니다."

"그리하라. 나는 일단 마휴당으로 가 있을 것이다."

"알겠습니다, 소교주님."

그렇게 흑살거부가 사공찬을 이끌고 대전을 나가려는 그때 밖으로 나갔던 율기가 사색이 된 채 안으로 허겁지겁 뛰어 들어왔다.

"소교주, 큰일이 났습니다."
"무슨 일인데 그런가?"
"교주가, 교주가……."
"교주가 왜?"
"사, 사라졌소."

율기는 말을 내뱉고 나서 사공찬의 얼굴을 보고는 '아차' 하는 표정을 지었다.

너무나 급해 사공찬이 대전 안에 있다는 것을 미처 확인하지 못한 까닭이다.

"뭣이라?"

기가 막히고 놀란 것은 도종극도 매한가지였다.

"스……."

도종극은 사공찬이 곁에 있다는 사실을 인지하고는 율기의 소매를 잡고 구석으로 향했다.

"크하하하하! 과연 마도의 대종사이시다! 크하하하하!"

그런 둘의 귀에 사공찬의 시원한 웃음소리가 크게 터졌다.

"조용하지 못해?"

"크하하하…… 컥!"

더 크게 웃으려 했지만 흑살거부의 힘에 그칠 수밖에 없었다.

"스승님은? 스승님이 마휴당에 계시지 않았나?"

도종극은 잡아먹을 듯 율기의 어깨를 억세게 잡았다.

강시 VS 언데드 295

"누군가가 나타나 교주를 데리고 사라진 모양입니다. 그런데 림주께서도 누군지 제대로 파악하지 못한 눈치입니다."

"으으으으!"

도종극은 주먹을 꽉 말아 쥐고는 바들바들 떨다가 결국 제 분을 이기지 못하고 대전 벽을 강하게 내려쳤다.

콰광! 콰르르르르.

대전 한 벽이 부서졌다.

'어찌 되는 것이 하나도 없단 말이냐!'

도종극은 부글부글 끓어오르는 화를 겨우겨우 가라앉혔다.

"림주께서 찾으시니 서둘러 저랑 가셔야겠습니다."

"……알겠다."

도종극은 일그러진 눈으로 사공찬을 내려다보았다.

상황이 어찌되었든 그를 살려둘 필요성이 하나 더 생긴 것이다. 사공찬을 단단히 가두라는 명을 내리고 도종극은 율기와 함께 마휴당으로 향했다.

* * *

사공소는 한순간 눈이 아플 정도로 강렬한 빛에 휩싸이자 내부가 진탕되는 것처럼 어지러워지며 구역질이 올라왔다. 구역질로 인해 몸이 경직되자 몸 요혈에 난 상처가 갈라지고 애써 잊었던 고통이 다시 밀물처럼 밀려왔다.

"크윽!"

극도로 쇠약해진 몸은 현기증을 이기지 못하고 바닥으로 풀썩 쓰러졌다.

"교주님."

다행히 마현이 몸을 숙여 쓰러지는 사공소를 받았기에 바닥에 나뒹구는 일만은 피할 수 있었다.

"교, 교주님."

거산 정상에서 마현을 기다리던 가릉과 두 장로, 그리고 무영대주는 피투성이가 되어 모습을 드러낸 사공소의 모습에 깜짝 놀라며 황급히 다가왔다.

"가릉."

마현은 사공소를 눕히며 가릉을 불렀다.

가릉은 마현의 호명에 대답도 하지 않고 재빨리 사공소의 맥을 짚었다. 시간이 흐를수록 가릉의 안색이 어두워져갔다.

한참 동안 사공소의 맥을 살피던 가릉은 서둘러 품에서 자그만 침구통을 꺼내들었다.

그리곤 사공소의 몸에 침을 놓은 후 쇠침에 상처 입은 요혈들 위에 금창약을 바르기 시작했다.

그러는 사이 마현은 거대한 실드를 만들어 거산 정상을 향해 몰려드는 거센 바람을 막는 것과 동시에 주위에 파이어 볼을 만들어 내부의 공기를 따뜻하게 데웠다.

"어떤가?"

사공소는 어느새 잠이 들어 있었다. 그 곁에서 조용히 일어나며 가릉이 어두운 표정으로 고개를 저었다.

"좋지 않습니다."

"흠······."

마현은 피폐해진 사공소의 모습을 보며 무겁게 신음했다.

"장시간 음독하신 대다가, 주요 혈맥이 끊긴 것도 모자라 곡기와 물마저 입을 대시지 못한 터라······. 다 제 불찰입니다. 마의당주로서 교주님의 음독을 눈치채지 못했으니······."

"가 당주, 그대는 의원이지 신이 아니다. 그리고 그대가 죄책감을 뼈저리게 느낀다면 교주님을 살릴 생각만 하라."

마현에게 있어 사공소의 생사여부는 그다지 관심이 없었다.

사실 죽어도 그만 살아도 그만이다.

하지만 사공소는 마현에게 특별할 수밖에 없는 인물이기도 했다. 그 이유는 좋든 싫든 자신이 몸담고 있는 곳의 수장이며, 자신에게 다시 한 번 정을 느끼게 해준 스승, 허진의 주군인 까닭이다.

"그보다도 방법이 없겠는가?"

"현재로서는 어렵습니다. 하루라도 빨리 마의당으로 돌아갈 수 있다면 방법을 찾을 수 있을 겁니다."

"하루라도 빨리라······."

마현은 시선을 내려 산 아래 펼쳐진 마교의 전경을 내려다보았다.

"그렇다면 하루라도 내 집을 빨리 찾아야겠군."

마현은 품에서 만년한옥과 온옥을 꺼내 다시 워프게이트를 설치하기 시작했다.

소화산 근처 동굴에서 자신을 기다리고 있을 스승과 수하들에게 최대한 빨리 돌아가기 위함이었다.

*   *   *

입구는 좁았지만 내부는 생각보다 넓은 동굴 안에 허진을 비롯해 귀갑철마대, 유령대, 그리고 흑풍대가 조용히 모여 있었다.

똑 똑 똑.

천장에 매달린 종유석에서 물방울이 규칙적으로 떨어졌다.

구석에 가부좌를 튼 채 조용히 눈을 감고 있던 허진이 눈을 떴다. 허진이 눈을 뜨며 가장 먼저 바라본 것은 동굴 한구석 바닥에 기하학적 무늬로 가득 찬 둥근 원 그림이었다.

그 그림 중간 중간에는 검게 변한 골강시들이 땅속에 박혀 있었다.

"하 대주."

허진은 마현이 새긴 마법진에서 눈을 떼지 않은 채 유령대주를 불렀다.

"예, 주군."

"오늘로 며칠이 지났지?"

"사흘입니다."

마현이 홀로 떠난 지 사흘이 지났다.

"흠……."

미간을 좁히며 침음하는 허진의 음성은 복잡한 감정을 담고 있었다.

마현이 홀로 떠나며 내세웠던 계획이 자신의 상식으로는 너무 허황된 까닭이다. 하지만 평소 헛말을 하지 않는 제자였기에 불안했지만 믿기로 했다.

하지만 시간이 흐를수록 이성적인 판단은 흐려지고 감정적으로 변해갔다.

'내가 현이를 믿지 못한다면 세상 어느 누가 믿을까.'

자꾸 복잡해지는 마음을 다스리기 위해 다시 눈을 막 감았을 때였다.

—캬, 캬, 캬캬, 캬.

—킥, 킥킥, 킥, 킥.

사흘 동안 내내 입을 꾹 다물고 있던 스켈레톤들이 갑자기 요상한 음성을 내뱉기 시작했다.

허진은 이해할 수 없었지만 그것은 마현이 워프게이트진을 만드는데 있어 필수 재료인 마나석을 대신해 스켈레톤들을 이용한 것이었다.

마법진에 온 신경을 곤두세우고 있던 허진은 재빨리 눈을 떠 마법진을 살폈다.

우웅!

이내 미약하지만 은은한 파장이 만들어지는 것을 느꼈다. 허진은 가부좌를 풀고 자리에서 일어났다.

후우우웅!

허진이 막 자리에서 일어날 때 엄청난 진동과 함께 마법진에서 기운이 터져 나왔다.

그리고 눈을 시리게 할 정도의 강렬한 빛이 터져 나왔다. 그 생각지도 못한 빛에 허진은 낯을 찌푸리며 손바닥으로 빛을 가렸다.

강렬한 빛 무리 속에 언뜻언뜻 검은 그림자가 눈에 들어왔다. 그리고 빛이 사라지고 허진은 마법진 안에 서 있는 마현을 비롯해 두 장로 등 여러 인물의 얼굴을 확인할 수 있었다.

"현아."

"스승님."

허진은 환한 표정으로 마현에게 다가가다가 그의 품에 안겨 있는 사공소를 발견했다.

"어, 어찌된 것이냐?"

마현은 동굴 안쪽에 사공소를 눕히며 마교에서 일어났던 일들을 대략적으로 설명해 주었다.

"그 말은 군사를 비롯해 삼공자와 그의 직속 무력단체가 본교의 사람이 아니라 정체를 알 수 없는 세력의 간세였다는 소리더냐?"

"십중팔구는 그런 듯싶습니다."

"이놈들!"

허진은 기가 막혔다.

순수하게 마교의 정점에 오르기 위해 그런 줄 알았건만, 다른 세력의 간세라니. 허진의 몸에서 강렬한 마기와 함께 살기가 터져 나왔다.

그 살기에 반응한 것인지 잠든 사공소의 몸이 다시 떨리기 시작했다. 마현은 재빨리 마기를 일으켜 사공소를 보호했다.

"스승님."

허진 역시 자신의 실수를 깨닫고는 재빨리 마기와 살기를 갈무리했다. 하지만 그의 눈동자에는 여전히 살심이 맴돌고 있었다.

"현재 본교 내부가 상당히 어수선합니다. 또한 아직 삼공자와 군사가 완벽히 본교를 장악하지 못한 듯싶습니다. 아울러 교주님의 치료도 시급하구요."

"그래서 무슨 좋은 방도가 있는 게냐?"

"시간이 흐르면 흐를수록 삼공자와 군사가 본교를 장악해 들어갈 것입니다. 결국 그리되면 우리만 불리합니다."

마현의 말이 사실이었기에 허진은 어두운 표정으로 고개를 끄덕였다.

"그래서 제자는 내일 이른 아침, 삼공자와 군사를 비롯해 정체 모를 세력을 쳐냈으면 합니다."

"내일 아침에 말이더냐?"

현재 자신들이 있는 곳은 본교에서 수 천리 떨어진 소화산 인근이었다. 허진의 반응에 마현은 마법진을 가리켰다.

"조금만 손을 보면 여기 있는 인원이 단숨에 본교로 갈 수 있습니다, 스승님."

이미 눈으로 보았지만 직접 경험해 보지 못한 허진이었기에 고개를 끄덕이면서도 일말의 의심을 거두지 못하는 듯 보였다. 하지만 허진으로서도 달리 방도가 없었기에 고개를 끄덕일 수밖에 없었다.

"그렇게만 된다면야……, 그래. 그리하자."

허진은 말끝을 흐리다가 결국 마음을 다잡았다.

"문제는 명분이다. 무작정 쳐들어갔다가는 도리어 우리가 당할 수도 있다."

상황이 상황인지라 허진은 신중을 기했다.

"교주님이 직접 나서서 선전포고를 하시면 됩니다."

"교주님이?"

허진은 깊게 잠든 사공소를 보며 고개를 저었다.

"무리다."

"아닙니다. 교주님이 나서실 수 있습니다."

마현은 차갑게 입꼬리를 말아 올렸다.

　　　　　＊　　＊　＊

 컴컴하던 하늘이 차츰 파란색으로 물들어갈 때쯤 마교를 둘러싼 천산 동쪽에서 붉은 해가 머리를 내밀었다.
 푸핫!
 폐마구간 바닥이 한순간 팡 터지며 바닥에 어지럽게 늘어져 있던 오물들이 사방으로 날렸다. 그리고 바닥 한가운데 워프게이트진이 모습을 드러냈다.
 번쩍!
 폐마구간 안에서 강렬한 빛이 뿜어져 나왔다.
 "허어!"
 허진은 손으로 눈을 비비며 주위를 둘러보다 결국 감탄사를 터트렸다. 마현의 말을 믿었지만 단순히 믿는 것과 경험하는 것은 큰 차이가 있었다.
 "스승님, 이제 시작입니다."
 워프게이트진에 모습을 드러낸 것은 허진과 유령대, 그리고 마현과 흑풍대뿐이었다. 두 장로와 가릉, 그리고 귀갑철마대는 사공소를 보호하기 위해 동굴에 남겨두고 왔다.

　"한 손이라도 아쉬운 상황에 귀갑철마대와 두 장로를
　놔두고 가도 되겠느냐?"
　"그들과의 싸움에서 오히려 짐만 될 것입니다."

허진은 워프게이트진을 타기 전 마현과 나눈 대화를 떠올렸다.

더욱이 교주님을 등장시킨다고 해놓고 그들끼리만 왔으니 남몰래 속앓이를 하고 있었다.

"스승님, 먼저 판을 벌이겠습니다. 일각 후 마주전 앞 대광장으로 오십시오. 흑풍대 역시 스승님을 따라오라."

허진은 마현의 말에 고개를 끄덕이다가 눈을 화등잔처럼 크게 떴다.

마현의 몸에서 아지랑이가 피어오른다 싶더니 갑자기 온데간데없이 사라지고 그 자리에 사공소가 서 있었던 것이다.

'역체변용술(役體變容術)?'

하지만 역체변용술이 아무리 얼굴과 몸집을 바꿀 수 있다고는 하지만 다른 사람을 온전히 가져다놓은 것처럼 완벽하게 변신을 할 수는 없었다.

그저 몸의 일부를 뒤틀어 체형과 얼굴을 변형시키는 잡술인 까닭이다. 하지만 마현은 놀랍게도 역체변용술로 완벽하게 교주 사공소로 변해 있었다.

"괜찮아 보입니까, 스승님?"

마현은 폴리모프 마법으로 사공소로 변한 자신의 모습이 어떤지 물었다.

"모습은 완벽한데……, 목소리는 어쩔 수 없는 모양이구나."

"목소리에 마력을 담는다면 어지간하면 알아차리지 못할 것입니다."

목소리에 내력이 담기면 듣는 이는 그때부터 귀가 아닌 몸으로 목소리를 듣게 된다. 일리가 있었기에 허진은 고개를 주억거렸다.

"먼저 판을 벌여놓겠습니다, 스승님."

마현은 마주전이 있는 곳으로 텔레포테이션 순간이동 마법으로 한순간 이동했다.

마주전 앞, 수천 명이 들어서도 좁지 않을 만큼 넓은 마당 위에 마현은 플라이 마법으로 하늘에 떠 있었다.

'폴리모프 상태에서 마법을 쓰기에는 너무나도 불안정하다. 단숨에 각인시켜 주고 모습을 감춰야 한다.'

마현은 조심스럽게 서클 단전에서 마력을 끌어올렸다. 그렇게 마현의 몸 안에서 마력이 꿈틀거릴 때마다 사공소의 모습이 잠깐씩 흐려졌다.

마현은 끌어올린 마력을 최대한 안정을 시켜야 했다.

생각보다 많은 양의 마력은 아니었다.

하지만 이 마력으로 끝을 봐야 했다.

마현은 마력을 담은 목소리에 다시 한 번 샤우트 마법(Shout; 음향증폭 마법)을 걸었다.

"본교 교인들은 들으라!"

마현의 목소리는 물결이 만들어낸 파장처럼 마교 깊숙한 곳까지 퍼져나갔다. 또한 목소리에 강력한 힘이 담겨 있어 그의 목소리가 훑고 지나간 곳에 위치한 건물들이 하나같이 들썩거릴 정도였다.

'도종극이 사실은 귀림의 소립주라고 했었지?'

마현은 마주전으로 오기 전 이 단체를 알기 위해 정체 모를 인물들이 있는 곳으로 향했었다.

거기서 적을 사로잡아 정보를 취할 생각이었다. 하지만 그들은 이제 본교를 대부분 장악했다고 안이하게 생각했는지 서로 대화를 나누며 '귀림'이라는 이름을 입에 올리고 있었다. 마현은 굳이 적에게 협박을 할 필요도 없이 대략적인 정보를 얻을 수 있었다.

마현의 목소리를 들었는지 수많은 마인들이 곧장 마주전 앞 넓은 마당으로 들어오지는 못했지만 비교적 가까이 몰려들었다.

마현이 허공에 높이 떠 있었기에 마교 안에 들어선 담벼락이나 건물들에 크게 구애받지 않는 상황이었다.

마현은 모두라고 할 수는 없지만 상당수 마인들이 모인 것을 확인하고는 다시 입을 열었다.

"감히 본좌를 능멸하고 본교를 장악하려 하는 귀림을 지금부터 단죄하겠노라!"

마현은 목소리의 강도를 조금 높였다.

'성공이군.'

의도한 바대로 되었지만 마현은 조용히 모습을 감추지 않았다. 마주전 뒤에 위치한 마휴당의 문이 열리며 도종극과 율기, 그리고 능자필이 모습을 보인 까닭이었다.

그냥 가기에는 너무나도 아쉬웠다.

또 몸 안에 담긴 마력의 양은 단 한 번이지만 7서클의 공격 마법을 사용할 수 있을 정도였다.

"파이어 레인!"

마현의 몸 주위에서 어마어마한 불길이 만들어지더니 그 불들은 장대비처럼 변해 마휴당으로 쏟아져 내렸다.

동시에 마현은 텔레포테이션 순간이동 마법으로 다시 모습을 감췄다.

*   *   *

"아직도 못 찾은 것이냐?"

능자필의 호통에 도종극의 목은 자라목처럼 움츠러들었다.

"죄, 죄송합니다."

"도대체 네놈이 제대로 하는 것이 뭐란 말이냐?"

능자필의 살기에 도종극의 몸은 더욱 움츠러들었다. 하지만 깊게 숙이고 있는 그의 눈동자에선 불만이 가득했다. 엄밀히 말해 교주를 놓친 것은 자신이 아니라 능자필이었다.

밤새 교내를 뒤지며 한숨도 자지 못한 도종극은 스승인 능자필을 죽이고 싶을 만큼 살심이 자꾸만 커져갔다.

"에잉, 못난 놈!"

아무 말도 못하고 고개를 숙이고만 있는 도종극의 모습에 능자필은 탁자에 놓인 벼루를 들어 냅다 던졌다.

퍽!

벼루는 도종극의 머리로 날아가 부딪히며 부서졌다.

그로 인해 이마가 찢어지며 피가 흘러내렸다.

"네놈이 고작 마교 하나도 제대로 장악하지 못해 일이 이 지경이 된 것이 아니냐!"

벼루를 던져놓고 여전히 살기 가득한 호통을 치던 능자필은 눈매를 꿈틀거리며 자리에서 벌떡 일어났다.

그때였다.

귀가 먹먹할 정도로 엄청난 목소리가 터져 나왔다.

"본교 교인들은 들으라!"

그 목소리에 능자필이 도종극을 죽이든 말든 상관하지 않고 여유롭게 차를 마시던 율기가 재빨리 자리에서 일어나 창문을 열어젖혔다.

"교, 교주?"

율기가 놀라는 것은 당연한 반응이었다.

불과 어제 탈출한 사공소가 그런 망가진 몸을 하고 저렇게 압도적인 무력을 보일 수는 없었다. 모두가 당황하는 가운데 다시금 목소리가 터져 나왔다.

"감히 본좌를 능멸하고 본교를 장악하려 하는 귀림을 지금부터 단죄하겠노라!"

"교주가 아닙니다."

율기는 그리 말하며 마휴당 문으로 다가가 활짝 열었다. 좀 더 자세히 사공소를 보기 위함이었다.

당연히 능자필과 도종극 역시 율기를 따라 마휴당 밖으로 나갔다.

그때였다.

후아아앙— 쏴아아아아—

마휴당을 덮고도 남을 엄청난 불덩이들이 자신들을 향해 날아온 것이다.

콰과과과과광—!

소나기가 쏟아 붙는 장대비보다 더 많은 양의 불길이 마휴당을 통째로 집어삼켰다.

"으아아아!"

불길 안에서 분노에 찬 일갈이 터졌다.

파벙!

마휴당 앞에서 활활 타오르던 불길이 순식간에 사라졌다.

거기에는 입술과 뺨을 씰룩거리며 살기를 일으키고 있는 능자필이 서 있었다.

비록 화마가 집어삼키지는 않았지만 머리카락이 불에 그슬려 꼬불꼬불해졌고, 입고 있는 옷 또한 끝부분이 누렇게 말려 올라가 있었다.
 부들부들 떨던 능자필은 손을 뻗어 도종극의 목줄기를 움켜쥐었다.
 "크윽!"
 능자필의 날카롭고 긴 회색 손톱이 도종극의 살갗을 파고들었다.
 "제자야! 지금 당장 저놈을 잡아오지 않으면 오늘 밤 네놈의 살과 피로 저녁을 대신할 것이다! 알겠느냐?"
 능자필은 도종극의 얼굴을 바싹 잡아당겼다가 마주전이 있는 곳으로 집어던졌다.
 "아, 알겠습니다."
 도종극은 피가 흐르는 쓰라린 목을 손으로 비비며 두려움에 가득 찬 목소리로 대답했다.
 "귀림의 모든 힘을 써도 좋다."
 능자필의 허락이 떨어지자 도종극은 사시나무처럼 떨리는 몸을 진정시키며 소리쳤다.
 "대사혼마령(大死魂魔靈)과 대고루귀령(大骷髏鬼靈), 거기 있느냐?"
 "부르셨습니까, 소림주님."
 도종극 옆으로 음침한 기운을 지닌 두 명의 늙은이들이 툭 떨어졌다.

"대사혼마령은 모든 사혼마령을 마주전 앞으로 집결시키라. 그리고 대고루귀령은 고루귀령들을 시켜 모든 철골강시와 묵혈강시를 데려와 마주전 대광장 주위에 은밀하게 대기시켜 놓도록!"

"명."

"알겠습니다."

도종극은 사공소가 이미 사라진 허공으로 고개를 돌렸다.

'마현, 네놈이냐?'

사공소의 목소리를 듣는 순간 도종극은 마현을 떠올렸던 것이다.

* * *

콰당!

마주전 앞마당으로 들어서는 대문이 활짝 열리며 허진과 유령대, 그리고 그사이 합류한 마현과 흑풍대가 당당히 안으로 들어섰다.

마주전 앞에는 도종극과 율기, 그리고 처음 보는 두 늙은이가 서 있었다. 바로 대사혼마령과 대고루귀령이었다.

"과연 네놈이었구나!"

도종극은 안으로 들어서는 마현을 보자 이를 갈며 소리쳤다.

"감히 교주님을 능멸하고 본교를 장악하려 하다니, 내 오늘 네놈의 목을 친히 베어 버리겠다!"

허진은 도종극을 보자 수염까지 부들부들 떨며 호통을 쳤다.

"흥!"

그러나 도종극은 전혀 겁먹지 않은 듯했다.

"저, 저놈이!"

"스승님, 노여워하실 것 없습니다."

마현은 노기를 이기지 못하는 허진을 만류했다.

"교주님이 중한 병으로 쓰러진 이때를 틈타 간사하게 탐욕스럽게 본교를 장악하려는 부교주와 그 제자인 흑풍마군을 교주님의 이름으로 처단하겠노라."

도종극은 허진과 마현에게 그리 소리치며 손을 들어올렸다.

"교주님이 본 소교주에게 넘겨주신 사혼마령대다."

도종극의 명이 떨어지자 대사혼마령이 앞으로 한 걸음 내딛었고 그와 동시에 마주전 앞으로 오백 명의 사혼마령들이 모습을 드러냈다.

그들이 마주전 앞에 모습을 드러내자 항상 패도적인 기운으론 넘치던 공기가 한순간 음침하게 바뀌었다.

"또한……."

도종극의 입술이 잔인하게 비틀어졌다.

"본교의 오랜 숙원이던 강시술을 본 소교주에게 넘겨주셨다."

 이번에는 대고루귀령이 앞으로 걸음을 내딛었다. 그러자 이백여 명의 고루귀령들이 입에 피리를 물고 모습을 드러냈다. 그들의 뺨이 살짝 부풀어 오르자 마주전 안으로 살이 썩는 듯한 지독한 악취가 흘러 들어왔다.

 사박 사박 삭삭삭.

 곧이어 넓은 마주전을 두르고 있는 담벼락 위로 강시들이 꾸역꾸역 밀리듯 넘어오기 시작했다.

 또한 활짝 열린 마주전 문으로도 수백의 강시들이 우르르 몰려들어왔다.

 마현과 흑풍대, 그리고 허진과 유령대를 이천오백여 구의 강시와 오백여 명의 사혼마령들이 기다렸다는 듯이 순식간에 에워싸 버린 것이다.

 "크하하하하!"

 고작 백여 명에 불과한 허진과 마현의 일행들을 보며 도종극은 득의양양한 웃음소리를 광오하게 터트렸다.

 "본교를 능멸한 죄, 죽음뿐이다!"

 도종극은 싸늘한 웃음을 지으며 손을 아래로 툭 떨어뜨렸다.

 그러자 흐느적거리던 강시들이 허진과 마현을 향해 몰려들기 시작했다.

 "스승님, 강시들은 제자가 맡겠습니다."

마현이 앞으로 나섰다.
"흑풍대는 모든 힘을 개방하라!"
"명!"
"명!"
서른 명의 흑풍대가 허진과 유령대 주위로 흩어져 둥글게 포진했다.
흑풍대는 서서히 좁혀오는 강시들을 보며 마기를 일으켰다.
"소환!"
흑풍대원들의 몸에서 피어난 순수한 마기의 결정체인 흑무가 바닥으로 스며들었다.
푸핫!
마주전 앞마당에 깔린 두꺼운 장판석이 부서지며 검은 뼈가 불쑥 솟아올랐다.
하나가 아니었다.
도합 삼백이었다.
어지간한 장정보다 몸집이 더 큰 검은 스켈레톤들이 사기를 내뿜으며 모습을 드러냈다.
삼백 구의 스켈레톤은 터벅터벅 앞으로 걸어 나가더니 허리를 숙이며 머리를 앞으로 내밀었다.
그리곤 뻥 뚫린 동공에서 사기를 잔뜩 담은 흉광을 터트리며 입을 쩍 벌렸다.
—꺄아아아아아!

―캬아아아아아!

죽음의 기운이 담긴 음성이 사방으로 퍼져나갔다.

그 죽음의 함성을 듣자 서서히 거리를 좁혀오던 강시들의 움직임이 툭 멈췄다.

"피리에 공력을 높여라!"

그것에 당황한 대고루마령이 고루마령에게 재빨리 명을 내렸다. 고루마령들이 피리에 공력을 더욱 높이자 잠시 주춤했던 강시들이 다시 걸음을 내딛었다.

마현은 허공으로 플라이 마법을 이용해 날아올라갔다.

"크하하하하!"

마현은 꾸역꾸역 밀려오는 이천오백 구의 강시들을 아래에서 내려다보며 비웃었다.

"도종극, 아니 귀림의 소림주. 네놈이 감히 본인 앞에서 언데드를 논하려 하다니……, 진정한 네크로 흑마법의 힘을 보여주마!"

마현은 흑사신을 소환했다.

"흑사신!"

괴성을 지르는 스켈레톤들과 꾸역꾸역 밀려드는 강시들 사이의 네 방위에서 검은 연기가 치솟아 올랐다.

푹! 푹! 푹! 푹!

검은 연기가 사라진 자리에는 네 흑사신이 오연하게 서 있었다.

"흑사신, 너희들이 부릴 귀여운 놈들이다."

"크크크크."

흑도가 가장 먼저 군침을 흘리며 나직한 웃음소리를 내뱉었다.

"언데드를 다스리는 군단장의 힘을 보이라!"

마현의 말이 떨어지기가 무섭게 흑사신들의 몸에서 검은 연기가 뿜어져 나왔다. 그 연기는 단숨에 사방으로 흩어졌다. 그리고 수십 수백 마리의 뱀처럼 강시들을 집어삼키기 시작했다.

"철골강시와 묵혈강시를 빨리 저 검은 연기 밖으로 빼내라, 어서!"

대고루귀령이 당황하며 재빨리 명했다. 그러나 아무 소용이 없었다. 고루귀령들이 열심히 피리를 불어도 강시들은 그들의 명령을 듣지 않았다.

그렇게 시간이 더 흘러 마주전 앞 광장 가장자리에까지 검은 연기가 빼곡히 찼다고 느낄 무렵, 눈 한 번 깜짝할 사이에 그 검은 연기들이 흑사신들에게로 흡수되었다.

"나와!"

흑도는 근엄하게 뒷짐을 지며 명령했다.

그러자 강시들 틈에서 몇몇 강시들이 흑도 앞으로 걸어 나왔다.

그 강시들은 묵혈강시였다.

묵혈강시들은 흑도 앞에 우르르 몰려가더니 일제히 손을 들어 자기의 목을 쥐어뜯었다.

푸직, 콰득!

단숨에 스스로 목을 뜯어낸 묵혈강시들은 제 머리를 왼쪽 옆구리에 끼웠다. 그리고는 오른손을 바닥을 향해 내밀었다.

그러자 그들이 디디고 서 있는 바닥에서 검은 연기가 스멀스멀 올라오더니 시커먼 검이 솟아났다.

"귀여운 놈들이구나! 크하하하하!"

흑도는 광소를 터트리며 앞으로 위엄 있게 걸어 나갔다.

"어, 어떻게 된 것이냐?"

도종극은 당황한 목소리로 대고루귀령에게 물었다. 하지만 이미 얼굴이 창백해질 대로 창백해진 대고루귀령의 귀에 도종극의 목소리는 들리지 않았다.

"어찌된 것이냐고 묻지 않느…….'

도종극은 더 이상 말을 잇지 못했다.

"도대체 무슨 일이 벌어지고 있는 거야?"

도종극은 저도 모르게 뒷걸음질을 쳤다.

허진과 마현을 둘러싸고 있던 철골강시들이 어느새 자신들을 노려보고 있었던 것이다. 거기에 선두로 나선 묵혈강시들은 제 머리를 옆구리에 낀 채 사기가 흐르는 묵빛 검을 들고 서 있었다.

─캬캬캬캬캬!

─키햐아아아!

철골강시와 묵혈강시가 귀성을 터트렸다.

등골을 오싹하게 만드는 그 음산한 귀성은 단숨에 마주전을 뒤덮었다.

⟨8권에서 계속⟩

작가 블로그

http://pjs2517.tistory.com

기천검 퓨전판타지 장편 소설
FUSION FANTASY STORY & ADVENTURE

아트메이지

『미토스』, 『하이로드』의 베스트 작가!
기발한 상상력의 극치를 보여주는 아티스트 기천검.

헐리웃에 진출한 인기배우이자, 귀선문의 후예 성훈.
이계에서 시작된 그의 예술혼이 뮤우 대륙을 열광시킨다!

2008년, 뮤우 대륙에 문화 대혁명을 선포.
이제 신개념 르네상스의 진수를 보여주겠다!

dream books
드림북스

신세대 무협 작가 '3인 3색'
드림 출간 기념 이벤트!

제 1 탄!
감성무협의 신기원을 열었던
『은거기인』의 작가 건아성!

이번엔 배신과 음모가 판치는 비정한 사파인들의 이야기로
끊임없이 변화를 추구하는 작가주의의 진면목을 보여준다!

군림마도

하북 호혈판에서 시작된 강호 대파란.
이제 사파의 이름으로 천하 무림을 굽어보리라!

제2탄, 나민채 작가의 퓨전 무협 『마검왕』(2009년 1월 출간 예정)
제3탄, 가나 작가의 신무협 『천마금』(2009년 1월 출간 예정)

푸짐한 사은품 증정!!

EVENT ONE

이벤트를 진행하는 3종의 책을 '모두 구입하신 분들 중' 추첨을 통해 사은품을 드립니다.

[사은품]
1명 : <최신형 디지털 카메라> + 3종의 3권(작가 친필사인)
('EVENT ONE에 참여하신 분들 중 30명'에게 작가 친필사인이 들어 있는 3종 3권을 드립니다.)

[응모요령]
1,2권 띠지에 부착된 응모권 6개를 오려 드림북스로 보내주세요.

EVENT TWO

이벤트를 진행하는 3종의 책을 개별적으로 구입하신 분들 중' 추첨을 통해 사은품을 드립니다.

[사은품]
3명 : <백화점 상품권(10만원)> + 구입한 도서의 3권(작가 친필사인)
(『군림마도』(1명), 『마검왕』(1명), 『천마금』(1명))

[응모요령]
1,2권 띠지에 부착된 응모권 6개를 오려 드림북스로 보내주세요.

EVENT THREE

책을 읽고 감상평을 올리시는 분들 중 11명을 추첨하여 사은품을 드립니다.

[사은품]
으뜸상(1명) : Mplayer Eyes MP3 + 서평을 쓴 도서의 3권(작가 친필사인)
우수상(10명) : 문화상품권(1만원) + 서평을 쓴 도서의 3권(작가 친필사인)

[응모요령]
이벤트 진행 도서들 중 하나를 읽고 인터넷 서점(YES24) 리뷰란에 감상평을 올려주시고,
그 내용을 복사하여(이메일, 아이디 기재) 한 번 더 '드림북스 홈페이지 감상란'에 올려주세요.

[보내주실 곳] (우)142-815 서울시 강북구 미아8동 322-10
　　　　　　　(주)삼양출판사 2층 드림북스 이벤트 담당자 앞

[이벤트 기간] 2008년 12월 15일~2009년 2월 16일

[당첨자 발표] 2009년 2월 27일(당사 홈페이지 및 장르문학 전문 사이트에 발표합니다.)

드림북스 홈페이지 http://www.sydreambooks.com
드림북스 블로그 http://www.blog.naver.com/dream_books
문피아 사이트 http://www.munpia.com/출판사 소식/드림북스
조아라 사이트 http://www.joara.com/출판사 소식

※ 응모권을 보내주실 때는 '이름, 연락처, 주소'를 정확히 기입해 주세요.
※ 사은품은 이벤트 진행도서 3종 3권의 책이 모두 출간된 직후 일괄 배송합니다.
※ 사은품은 상기 이미지와 다를 수 있습니다.